戦争の歌

Sensou no Uta

松村正直

コレクション日本歌人選078
Collected Works of Japanese Poets

笠間書院

『戦争の歌』——目次

凡例

一、本書には、日清戦争（一八九四〜九五）日露戦争（一九〇四〜〇五）から太平洋戦争（一九四一〜四五）までの戦争に関する歌五十一首を載せた。

一、本書は、次の項目からなる。「作品本文」「作者名・出典」「口語訳」「鑑賞」「脚注」「筆者解説」「生没年年譜」「事項年譜」「読書案内」。

一、鑑賞は、基本的には一首につき見開き二ページを当てたが、詩や長歌については三〜四ページを当てたものもある。

一、引用歌と引用文をのぞいて、ルビは新かな遣いを用いた。また、原作にないルビについては（　）を付けた。

戦争の歌

01

弾丸《たま》にあたりたふれしは誰そふるさとの母の文をばふところにして

【出典】落合直文『萩之家《はぎのや》歌集』

弾丸に当って倒れたのは誰だろう。ふるさとの母からの手紙を懐《ふところ》に入れたまま。

「従軍行とふ題にて」という注が付いている一首。同じ題で〈鞍《くら》はみなあけに染まりて主《ぬし》もなき駒ぞ嘶《な》くなる山かげにして〉〈駒にのりあかつきはやくわれくれば折れたる太刀に霜おきにけり〉という歌もある。

これらはいずれも日清《にっしん》戦争の戦場を想像して詠《よ》まれた歌である。母からの手紙を懐に入れたままに倒れた兵、乗り手を失って嘶《いなな》いている軍馬、そして折れた太刀に付いた霜。いずれも作者が戦場で実際に目撃した光景ではない。

落合直文《なおぶみ》（一八六一～一九〇三）は仙台藩伊達家の筆頭家老鮎貝家の生まれ。明治26年に近代短歌結社の始まりとされる「浅《あさ》香《か》社」を創立。与謝野鉄幹、金子薫園《くんえん》、尾上柴舟《さいしゅう》ら新進気鋭の若手歌人を育てた。

「従軍行」という題を与えられて、伝聞や想像によって描き出した世界である。それゆえ、現在の目で見ると、やや芝居がかった大仰《おおぎょう》な印象を受けると言っても良いだろう。

日清戦争（明治二十七・八年戦役）は近代日本にとって初めての本格的な戦争であった。戦死者は一四一七名、病死者一万一八九四名にのぼる大きな戦争である。人々はそうした死者の姿を想像することによって、海の向こうで行われている戦争に思いを馳《は》せたのである。

旧派和歌の時代には、この歌のように題詠《だいえい》*によって歌を詠むのが一般的であった。『萩之家《はぎのや》歌集』を見ると、「小田原城《おだわらじょう》にて」「楠正成朝臣《くすのきまさしげあそん》を」といった状況説明の注や「山家雲」「近不逢恋《ちかくてあわざるこい》」などの題が一首ごとに記されている。また、日清戦争前の明治二十六年には、第一高等学校*の生徒の発火演習（軍事演習）に際して、やはり「従軍行」という題で〈さ夜ふけていくさの場《には》きて見ればほむらたちのぼる屍《しかばね》の上〉などの歌を詠んでいる。もちろん、これも実際の光景ではなく想像の歌だ。やがて和歌革新の時代を経て、実感に基づいた作歌が重視される新派和歌（短歌）が登場すると、こうした題詠は否定的に捉えられるようになっていく。

＊題詠―あらかじめ決められた題に従って歌を詠むこと。

＊第一高等学校―旧制の官立高等学校。後に東京大学教養学部となる。

02

この髪をそめてもゆかん老が身の残《のこり》すくなき世のおもひ出に

【出典】下谷老人『征清歌集』

この白髪を染めて戦場へ行こう。老人となって残り少ない
この世の思い出に。

この歌は「従軍出願者の中に加りて」との詞書《ことばがき》*があり、日清戦争に従軍を志願した際に詠まれた一首である。作者名が「下谷《したや》老人」とあることからもわかるように、作者は老人であったのだろう。そんな老人にとっても、日清戦争は血湧き肉躍るものだったのに違いない。

初二句「この髪をそめてもゆかん」は、「平家物語」に記された斎藤実盛*の故事を踏まえている。実盛は平維盛《たいらのこれもり》軍の一員として木曾義仲《きそよしなか》軍と戦って

＊詞書―歌が詠まれた状況を説明した前書き。

＊斎藤実盛―平安末期の武士。初めは源為義・義朝に仕え、後に平宗盛に仕えた。

戦死した人物だが、その時既に七十歳を超える年齢であった。白髪姿では敵に侮《あなど》らてしまうので若く見せようとの思いで、戦場に出る時に髪の毛を黒く染めたと伝えられている。源平合戦と日清戦争とでは七百年もの時の隔《へだ》たりがあり、戦争の規模も使われる兵器もまったく違うにもかかわらず、人々のイメージする戦場というものは昔のままであったのだ。

『征清歌集』（博文館、佐佐木信綱《のぶつな》編）は明治二十七年十月、開戦から三ヵ月という早さでまとめられたアンソロジーである。戦勝を祈願する思いがこめられた一冊と言って良いだろう。全体が「短歌部」「長歌部」「雑体部」に分かれており、福羽美静《ふくばびせい》、阪正臣《ばんまさおみ》、与謝野寛、佐々木（佐佐木）信綱といった名のある歌人とともに一般の人の歌も多く載《の》っている。その中には「赤坂兵士」「日本撫子」といったペンネームの作者もおり、この歌を詠んだ「下谷老人」も東京市下谷区（現在の東京都台東区の西部）に住む老人といった意味であろう。

開戦以降、国民の間では軍費献納運動が始まり、また多くの道府県で義勇軍運動[*]が広がった。自主的に従軍を志願する者が現れたのである。こうした動きは、明治二十七年八月七日付の「義勇兵ノ如キハ現今其《そ》ノ必要ナキヲ認ム」との勅令が出るまで続いた。

＊義勇軍―徴兵ではなく人々が自らの意志で組織した戦闘部隊。

03

息のをの絶むとすれど笛の音を猶《なほ》たゝざりしますらをあはれ

【出典】佐佐木信綱『征清歌集』

命がまさに絶えようとしているのに、それでもラッパの音を絶つことのなかった勇ましい男であることよ。

詞書に「喇叭《らっぱ》卒白神某の戦死をきゝて」とある。明治二十七年七月二十九日、日清戦争の成歓《せいかん》の戦いで戦死したラッパ手のことを詠んだ一首である。まさに死のうとしている瞬間までラッパを吹いていたという逸話は、後に尋常小学校の修身の教科書にも載るなどして有名になった。教科書には「しらかみげんじろーは、いさましいらっぱそつでありました。げんじろーはてっぽーのたまにうたれても、いきがきれるまでらっぱをふいてゐました」と書かれ

佐佐木信綱（一八七二～一九六三）は歌人、国文学者。歌誌「心の花」を発行する結社「竹柏会」を主宰。古典研究のほか、数多くの唱歌・校歌・軍歌などの作詞もしている。

ている。
このラッパ手は当初は白神源次郎一等卒であると報道され、その名が広まっていた。この歌も、その段階で詠まれたものである。しかし、後に第五師団司令部が「諸調査ノ結果彼ノ喇叭手ハ白神ニ非ズシテ木口小平ナルコト判明セリ」と発表して、木口《きぐち》小平《こへい》二等卒であるとの説が広まることになる。それに伴って修身の教科書も「キグチコヘイハテキノタマニアタリマシタガ、シンデモラッパヲクチカラハナシマセンデシタ」と変更されている。

白神から木口への氏名の変更はともかく、内容を見ると「息が切れるまでラッパを吹いていました」から「死んでもラッパを口から離しませんでした」へ、より印象的な表現に変っている点に注意したい。おそらく死後硬直によるものと思われるが、それが精神力の強さを誇るものとして称賛され、軍国美談として語り継がれていったのだろう。

日露戦争の時の広瀬武夫*中佐の「杉野はいずこ、杉野はいずや」や第一次上海《シャンハイ》事変における爆弾三勇士*など、戦争においてはしばしば英雄伝説が生まれ、それが国民の戦意を掻《か》き立《た》てる役割を果たすことになった。その最初の事例と言って良いかもしれない。

*広瀬武夫—海軍軍人。日露戦争で部下を捜索中に戦死。軍神として祀られた。

*爆弾三勇士—江下武二、北川丞、作江伊之助の三名の一等兵。敵陣の鉄条網を破壊する作戦において戦死した。

04

村里は残るくまなくやきうせて雉子鳴く野となりにけるかな

【出典】渡辺重綱『征清《せいしん》紀行』

村里は何一つ残らず焼失してしまい雉《きじ》が鳴く野原に変ってしまったことだ。

軍医であった渡辺重綱は、日清戦争の時に既に六十歳という年齢であったが、後備歩兵第三連隊の一員として招集された。明治二十七年十二月十日、広島県の宇品を発《た》って、二十一日に朝鮮半島に上陸。二十三日には平壌《ピョンヤン》に着き、その後さらに北上して清国との国境に近い義州へと向かった。そこは連隊本部が置かれている場所であった。

『征清紀行』は日本を出発してから翌年七月に帰国するまでの出来事を擬《ぎ》

渡辺重綱（一八三四～一九〇八）は現在の福島県白河市生まれ。軍医。『征清紀行』の他に『琉球漫録』、『漫遊詩草』などの著書がある。

古《こ》文体の文章と和歌で綴《つづ》った歌日記である。その中で、義州へ向かう途中で見た光景を、渡辺は次のように記している。

「二十八日早朝出発す。此日、乗馬疲労せしを以て徒歩して鎮北門を出て田野の間を行く事十丁余に大河あり。清川江と云ふ。二流に分れ沙州を夾《はさ》む幅三百米突余。南を本流、北を支流とす、悉皆《しつかい》氷結す。更に田野の間を過ぎて津頭といふ村に至りぬ。此村過る平壌の戦に敗れたる清兵退去の際放火せしとて二百戸余の民家僅四五戸を残して焦土となり実に憐むへし。今まで経過せし市町村多少の兵火に罹りしも斯る惨状はあらさりし」

馬が疲れていたので徒歩で歩いて行くと凍り付いた大河があり、その先に進んで行って見かけたのは、敗走する清国軍により火を放たれて焦土《しようど》となった村の光景であった。かつて二百軒あまりの家があった集落が、わずか四、五軒を残して焼け野原になっていたのである。

日清戦争は日本と清の戦争であったが、その争いは朝鮮半島をめぐるものであり、戦いの舞台も朝鮮であった。そのため、こうした無関係な村も大きな被害をこうむった。住む人のいなくなった村に「雉子《きぎす》」（キジの古称）の鳴く声だけが響く何とも寒々とした光景である。

05

からあやを大和錦にくらふれはしなくたりてもみゆるいろかな

【出典】弾琴緒『桐園詠草』

中国の織物《おりもの》を日本の織物と比べると、中国のものの方が品質が劣っているように見えることだ。

『桐園詠草《とうえんえいそう》』（明治四十年）は作者の六十歳を祝してまとめられ歌集で、五六九首を収めている。「春」「夏」「秋」「冬」「恋」「雑」「詠史」「新題」「俳諧歌」という部立*になっており、この歌は、明治以降の新しい文物などを題とした新題部に収められている。「日清戦争の時李鴻章《リコウショウ》*の来りて和を乞ひければ」という詞書が付いており、日清戦争後に結ばれた下関講和条約のことを詠んだ歌であることがわかる。

弾琴緒《だんことお》（一八四七〜一九一七）は、明治・大正期の大阪を代表する旧派歌人。摂津伊丹に生まれ、家業は代々醤油《しょうゆ》醸造業を営んでいた。

*部立―歌のテーマによる分類。

*李鴻章―一八二三〜一九〇

和歌的な修辞が用いられていてなかなか意味が取りにくく、どうしてこれが日清戦争の歌なのかと思われる方も多いだろう。そんな時は『桐園詠草附録』という本が参考になる。これは『桐園詠草』と同時に刊行されたもので、門人の聞き書きという体裁を取りつつ、実は作者の自歌自註を記した本である。その中でこの歌については「作意は唐綾と大和錦と比較して。唐綾の方品下りたりといふ。四句に。支那降の意を含む。なりとぞ」と書かれている。つまり、四句目の「しなくたりて」が「品下りて」（品質が劣って）と「支那降りて」（清が降伏して）の＊掛詞《かけことば》になっているわけである。

『枕草子』八十四段に「めでたきもの、唐錦」とあるように、中国渡来の織物は、古来日本において尊重され、貴族の間でも人気が高かった。織物に限らず、遣隋使《けんずいし》・遣唐使の昔より日本は多くの文物や制度を中国から取り入れており、中国は長い間に渡ってアジアで最も進んだ国であった。

その価値観がひっくり返ったのが、まさに日清戦争だったということだろう。明治維新以降の文明開化、富国強兵、ナショナリズムの興隆の中で、日本の方が中国よりも強い、優れているという意識が国内にも急速に広まっていったのである。

一。清朝末期の政治家。軍隊の近代化や工業の育成を図るとともに、日清戦争や義和団事件などの外交に関わった。

＊掛詞―修辞法の一つで、同音異義を利用して一語に二つ以上の意味を持たせたもの。

06

おもしろし、千載一遇このいくさ、大男児、死ぬべき時こそ来りけれ。けふきけば、平壌のいくさも、勝てりとか。長駆して、こたびはつかむ奉天府。

【出典】与謝野鉄幹『東西南北』

愉快なことだ。千載一遇のこのたびの戦争である。男の死ぬべき時がやって来たのだ。今日聞くところによると平壌《ピョンヤン》の戦いにも日本軍が勝ったとか。このまま突き進んで今度は奉天を占領しよう。

「従軍行（廿七年八月廿一日作）」と題する三首のうちの一首。他に〈大男児、死ぬべき時に死ぬを得ば、捨つる命は惜しからず。五十年、太平の夢をむさぼりて、なにか空《むな》しく長らへむ〉という歌もある。「ますらおぶり*」と称された鉄幹らしい歌と言えるだろう。

アジアで最初に近代化を遂《と》げた日本は、隣国朝鮮への関与を深めつつあった。その結果、清との戦争に至ったのである。明治維新以来の富国強兵に伴

与謝野鉄幹（一八七三〜一九三五）は本名、寛。落合直文に師事。和歌革新運動を行い、新詩社を結成して「明星」を創刊する。与謝野晶子、北原白秋、石川啄木などを見出《みいだ》した。

＊ますらおぶり―万葉集などに見られる男性的でおおらかな歌風。

う自信やナショナリズムの勃興もあったのだろう。鉄幹もまた、待ってましたとばかりに日清戦争を好機と捉えている。日本男児としては、そこで死ぬのも本望といった強い思いである。

平壌の戦いは初めての本格的な陸戦であったが、日本軍の勝利に終わった。鉄幹はその結果を聞いて、そのまま奉天まで一気に攻め込めといった強気な歌を詠んでいる。

戦争は翌明治二十八年四月十七日の下関講和条約で日本の勝利という結果に終わる。その直後、与謝野鉄幹は朝鮮に渡っている。京城（現・ソウル）にあった乙未《いつび》義塾に日本語教師として赴任したのだ。鉄幹の短歌の師である落合直文の弟の鮎貝槐園《かいえん》*が経営する私立学校である。日本の影響力を増すために力になりたいとの思いがあったのだろう。

しかし、その後、三国干渉によって朝鮮ではロシアの影響力が増し、親日本派の大院君と新ロシア派の閔氏一族との対立が激しくなった。劣勢に立たされた日本側はやがて実力行使として乙未事変*（閔妃《びんひ》暗殺事件）を起こすことになる。鉄幹は事件に直接関与はしていなかったが、事件を起こした人々と深い繋《つな》がりを持っていたため、日本に送還されることになった。

＊鮎貝槐園―一八六四〜一九四六。浅香社で歌人として活躍したのち、朝鮮で実業家となり、朝鮮古代の研究を行った。主著に『雑攷』がある。

＊乙未事変―李氏朝鮮の第二十六代国王・高宗の王妃・閔妃が日本の駐韓公使三浦梧楼らの計画により暗殺された事件。

07

もののふの屍《かばね》をさむる人もなし菫花さく春の山陰《やまかげ》

兵士の死体を埋葬する人もいない。スミレの花が咲いている春の山陰には。

【出典】正岡子規『竹の里歌』

「金州城外所見」と題する一首で、日清戦争の取材に訪れた時のことを回想して明治三十一年に詠まれたものである。新聞「日本」の記者であった子規は、明治二十八年三月三日に東京を出発。四月十日に従軍記者として船に乗り、大陸へと渡った。金州は遼東半島《りょうとうはんとう》にある町で周囲を城壁に囲まれており、当時金州城と呼ばれていた。明治二十七年十一月六日に日本軍はこの金州城を占領している。

正岡子規（一八六七〜一九〇二）は近代日本において俳句・短歌の革新を成し遂げた人物。結核のため病臥《びょうが》の生活であったが、多方面に渡って精力的な活動を行った。

子規の「陣中日記」には、「三崎山*を越えて谷間の畑をたどれば石磊々《らいらい》として菫やさしう咲く髑髏《どくろ》二つ三つ肋骨《ろくこつ》幾枚落ち散りたるははや人間のあはれもさめてぬしや誰とおとづる、ものもなし」という文章とともに、「なき人のむくろを隠せ春の草」という俳句が収められている。これと同じ光景を短歌に詠んだのが、掲出歌ということになるだろう。放置された遺骨と可憐《かれん》なスミレの花が対比的に詠まれている。

子規が大陸に渡った時には既に日清戦争の戦いは終っていた。四月十七日には日清講和条約（下関条約）が調印され、五月八日に発効を迎える。戦争を取材するという子規の目論見《もくろみ》は外れてしまったのだ。「陣中日記」にも「八日　条約交換も今日に迫りて復《ま》た休職の噂《うはさ》など漏れ聞ゆ」「九日　講和なれりとの報あり」「十日　講和成り万事休す」と、無念の思いが記されている。

子規は五月十五日に船に乗り、二十三日に日本に帰国。この船に乗っている途中で血を吐き、帰国後すぐに県立神戸病院に入院する。入院後も喀血《かっけつ》は続き一時は危篤状態に陥った。その後容態は持ち直したが、結核とそれによる脊椎カリエスは、その後の子規の晩年の人生に大きな影響を及ぼすことになるのであった。

*三崎山―金州を偵察中に捕えられて処刑された山崎羔三郎、鐘崎三郎、藤崎秀の三名の名前にちなんで名付けられた山。

08

中垣のとなりの花の散る見てもつらきは春のあらしなりけり

【出典】樋口一葉『一葉歌集』

垣に咲く隣家の花が散るのを見るにつけても辛いのは春の嵐であることよ。

詞書に「丁汝昌が自殺はかたきなれどもいと哀なり、さばかりの豪傑を失ひけんと思ふに、うとましきは戦なり」とある。丁汝昌《テイジョショウ》は清の軍人で、日清戦争当時、清国の北洋艦隊の提督であった。＊黄海海戦で日本海軍に敗れ、山東半島の＊威海衛《いかいえい》で防備を固めていたが、やがて海と陸から日本軍に包囲される。数日にわたる戦闘を経て、明治二十八年二月十二日、丁は艦員の助命を条件に降伏に応じ、戦艦「鎮遠《ちんえん》」の中で自決を遂げた。

樋口一葉（一八七二～一八九六）は本名、夏子。中島歌子に和歌を学び、後に小説「たけくらべ」「にごりえ」で評判を得たが、結核により二十四歳で逝去。

＊黄海海戦―一八九四年九月に起きた、日清戦争における最大の海戦。

このニュースを聞いて、敵ながら哀れと思ったのだろう。そして、戦争さえなければ死なずに済んだものをという感想を抱いたのである。亡《な》くなった丁汝昌を散る花に喩《たと》え、戦争を「春のあらし」に喩えている。

　樋口一葉は小説家として知られているが、その文学的な出発は和歌からであった。十四歳の時に旧派和歌の歌人*中島歌子の私塾「*萩《はぎ》の舎《や》」に入門し、和歌や書を学んだのである。

　『一葉歌集』には〈おく霜の消えをあらそふ人もあるを祝はんものか年のはじめも〉〈つるぎ太刀さゆる霜夜の月に寝て結ばぬ夢のゆくへをぞ思ふ〉など、日清戦争を詠んだ歌が七首収められている。いずれも「霜」「月」「露」「花」などに喩えて戦争や戦場の場面を詠んでおり、詞書がないと日清戦争の歌だとはわからない。掲出歌も、もし詞書がなければ、春の嵐に散る花を詠んだ自然詠として読まれるだろう。

　和歌においては、基本的に雅語《がご》と呼ばれる言葉しか使うことができなかった。漢語や俗語、外来語などは使うことができず、そのため、時事的な内容を直接詠むには不向きな面があった。こうした制約を外したところに近代短歌が成立するのである。

*威海衛―中国山東半島北東岸の港。北洋艦隊の基地があった。

*中島歌子―一八四五～一九〇三。明治の歌人。

*萩の舎―和歌と書を教える私塾で、上流階級の子女を中心に千人を超える弟子がいた。

09

よもの海みなはらからと思ふ世になど波風のたちさわぐらむ

【出典】明治天皇『明治天皇御集　昭憲皇太后御集』

世界中がみな兄弟だと思う世の中であるのに、どうして波風が立ち騒ぐのであろうか。

日露戦争の開戦にあたって明治天皇の詠んだ御製《ぎょせい》である。初句「よもの海」は「四方の海」。「はらから」は「同胞」「兄弟」のことである。これらは『論語』の「四海の内皆兄弟なり」に由来する言葉で、世界中の人が兄弟であり、すべての人間は兄弟のように愛し合うべきであるということを意味する。それなのに、何故《なぜ》ロシアとの関係は緊迫しているのだろうかという嘆きである。

この歌の詠まれた頃から、宮中の御歌所長であった高崎正風《まさかぜ》*により、未発

明治天皇（一八五二〜一九一二）は百二十二代の天皇。和歌に親しみ、生涯に九万三千首余りの歌を詠んだ。

＊高崎正風—22ページの脚注

表の御製が新聞等に伝えられるようになる。それは歌の持つ力によって「君臣の情誼を繋ぐ」（高崎正風『歌ものがたり』）ことを意図したものであったが、結果的には天皇を政治的に利用する側面も持っていた。

　日露戦争中には、他にも例えば〈こらは皆軍のにはにいではてゝ翁やひとり山田もるらむ〉〈ちはやぶる神の心にかなふらむわが国民のつくすまことは〉などの御製が掲載されている。これらは息子を兵隊に取られた親を慰めたり、国に尽す誠を讃《たた》える天皇の姿を伝えることによって、世論を挙国一致へと導く役割を果たしたのである。

　掲出歌をめぐる話は実は日露戦争の時では終らない。太平洋戦争開戦前の昭和十六年九月六日の御前《ごぜん》*会議の場で、昭和天皇がこの明治天皇の御製を読み上げたことが記録されている。対米交渉継続か開戦準備かを決める緊迫した場面において、昭和天皇はどのような思いをこの歌に託そうとしたのだろうか。『昭和天皇「よもの海」の謎』の中で平山周吉*は、四海同胞の「平和愛好」を意味したはずの歌が軍部によって「戦争容認」と読み換えられてしまったと推測している。平和と戦争の狭間《はざま》で揺れ動いた日本近代の歴史を象徴する一首と言って良いだろう。

参照。

*御前会議――大日本帝国憲法下で、国の重要な案件について、天皇臨席のもとで開かれた会議。

*平山周吉――一九五二～。文筆家、編集者。

10

にくにくしロシヤ夷《えみし》を片《かた》なぎに薙《な》ぎて尽さね斬りてつくさね

【出典】伊藤左千夫『左千夫歌集』

憎んでも憎み足りないロシアの奴《やつ》らを片っ端から薙《な》ぎ払《はら》ってほしい。斬り尽くしてほしい。

明治三十七年に起きた日露戦争に際して、伊藤左千夫は多くの歌を詠んでいる。この歌は「起《た》て日本男児」という連作の一首で、詞書に「限りなき敵国の横暴は遂に吾内閣の諸公をして大決断を覚悟せしむ、正に眼前に迫れる活劇を想へば吾等一介の文士と雖も猶神飛び肉躍る、即ち中宵*寒硯を磨して短歌二十一章を賦す」とある。ロシアに対する敵愾心《てきがいしん》も露《あら》わに、まさに血湧き肉躍る興奮状態の中で夜中に一気に歌を詠んだのであった。

伊藤左千夫（一八六四～一九一三）は正岡子規に師事し、「馬酔木」「アララギ」などを刊行。小説『野菊の墓』の作者としても有名である。

＊中宵――夜中。

一連の中には「神代より研ぎて伝へし焼太刀《やきたち》の神の劔」「ちはやぶる神の剣」「神の名に負へる剣」といった言葉もあり、三種の神器の一つである草薙剣《くさなぎのつるぎ》のイメージが濃厚に感じられる内容となっている。歌としては心情をそのまま吐き出したもので、言葉も大袈裟《おおげさ》で単純ではあるが、思いの強さと勢いは感じられる。

『左千夫歌集』には、他にも「開戦之歌」八首、「送出征」十一首、「広瀬中佐」四首、「*マカロフ戦歿《せんぼつ》」五首、「*九連城大勝の後軍中なる篠原千洲に贈れる歌」八首、長歌「日本男児之歌」など、日露戦争を詠んだ歌が数多く収められている。そのどれもが日本を讃え、戦意を鼓舞し、戦勝を祈願する内容となっている。もっとも、戦場に行って直接取材したわけではないので、その中身はどうしても抽象的で芝居がかったものであるのは否《いな》めない。

長歌の中に「日本の小なる蜻蛉《あきつ》の如く／露西亜の大なる鷲に似ずや」（日本が小さいこと蜻蛉のようであり、ロシアの大きいこと鷲に似ていないか）とある通り、ロシアと日本では国土の大きさに何十倍もの違いがある。そんな大国ロシアを相手にした戦争に、いかに近代日本が沸き立ち、奮い立ったかがよくわかる歌と言って良いだろう。

＊マカロフ―一八四九〜一九〇四。ロシア太平洋艦隊司令長官。旅順港外で戦死。

＊九連城―鴨緑河沿岸の町。明治37年4月から5月にかけて日露両軍が戦った。

11

大君のみをしへ草を栞にてさきたちし子を何か歎かむ

【出典】高崎正風「児童研究」明治三十八年十月号

天皇陛下の教えの言葉を手引きとして先立った子のことを、どうして嘆くことがありましょうか（嘆きはしません）。

作者の長男高崎元彦《もとひこ》*は明治二年生まれ。アメリカのアナポリス海軍兵学校を卒業した軍人で、日露戦争の旅順攻略戦に陸戦重砲隊第一中隊長として参加し、明治三十七年八月二十六日に戦死している。三十五歳であった。

詞書には「中すも畏けれど明治廿三年十月卅日の詔勅中に一旦緩急あれは義勇公に奉し以《もつ》て天壌無窮の皇運を扶翼すへしと宣へし事を思ひ侍《はべ》りて」とある。ここで言及されている詔勅《しょうちょく》というのは「教育ニ関スル勅語」、いわゆ

高崎正風《まさかぜ》（一八三六〜一九一二）は薩《さつ》摩藩《まはん》士の家に生まれ、宮中の御歌所の初代所長や枢密顧問官を務めた。旧派和歌の代表的な歌人。「紀元節」「水漬く屍」などの作詞をしたことでも知られる。

*高崎元彦―海軍少佐。一八

る教育勅語*のこと。その中に「一旦緩急あれは義勇公に奉し以て天壌無窮の皇運を扶翼すへし」という文言があるのだ。

昭和十五年作成の文部省の全文通釈によれば「万一危急の大事が起つたならば、大義に基づいて勇気をふるひ一身を捧《ささ》げて皇室国家の為《ため》につくせ」という意味の教えである。その教えに従って、日露戦争というまさに国家存亡の危機に当って息子は国家のために戦地へ向かい、そして命を捧げたのだという思いが詠まれている。そのように思うことで、子の戦死の悲しみに何とか耐えようとしているのだろう。

元彦の死を悼《いた》んで正風は、他にも〈吾児なほいくさにあらは玉章《たまずさ》にもみち捲きこめ送らむものを〉〈残しおく忘れかたみの一人児はわれ守りたてむ心安かれ〉といった歌を詠んでいる。秋の紅葉が美しい季節になって、もし息子が今も戦場にいるならば手紙に紅葉を巻き込んで送るのだけれど、それも叶《かな》わないという思い。そして、後に残された孫は自分が守り立てていくから、どうか心安らかに眠ってくれという願いである。これらの歌を詠むとともに、明治三十七年十二月には高崎元彦戦死追悼献詠詞文集『おやこころ』を刊行している。

六九〜一九〇四。高崎正風の長男。

＊教育勅語―明治天皇の名により国民道徳と教育の基本理念を示したもの。明治23年発布。

12

国のためすてし子の身を惜むにもまづ思はるゝ親心かな

【出典】昭憲皇太后『明治天皇御集　昭憲皇太后御集』

国のために命を捨てた子のことを惜しむに当っても、まずはその親の心が思われることであるよ。

明治天皇の皇后美子《はるこ》の歌である。「右明治三十七年九月海軍少将高崎元彦が戦死せしにつけて父枢密顧問官男爵高崎正風《まさかぜ》がよめる歌を見そなはしてくだしたまへる」という注が付いている。宮中の*御歌所《おうたどころ》の所長でもあった高崎正風が長男元彦の戦死を詠んだ歌を目にしての思いを述べた歌である。戦死した元彦のことを思うにつけても、まずは親である正風のことが案じられるというのだ。

昭憲皇太后（一八四九～一九一四）は明治天皇の皇后。旧名は一条美子。生涯に約三万六千首の歌を詠んだ。

＊御歌所—皇族の和歌や歌会始に関する事務を司る宮内省の外局。昭和22年に廃止。

もう一首〈ちよふべきうまごを杖《つゑ》に呉竹《くれたけ》のすくよかにして御代につかへよ〉という歌もある。残された孫を心の支えにしてこれからも仕えるようにとの意味だ。こうした皇后の歌に対して、高崎正風はさらに〈児故には泣かぬ袖をも濡らしけり国のはゝその森のしづくに〉〈呉竹のこの子をもまた生ふし立てゝさゝけまつらむ君かみ盾に〉と返している。息子の戦死には泣かなかったけれど、皇后の慈愛には涙が流れる、そして孫も立派に育ててお国のために捧げたいと詠んでいるのである。

これらの歌のやり取りは本来は私的な贈答であるのだが、それが当時の新聞や雑誌などで取り上げられ、国民の間に流通した点にも注意しておくべきだろう。*松澤俊二著『「よむ」ことの近代』はこのことについて、「正風は実子元彦を失った痛みを、より大きな「親」である天皇・皇后の言葉や慈愛によって乗り越えていた。「国民」の父母としてのプレゼンスが、ここでは実際の親子関係を包摂し、その繋がりをしのぐかたちで発現しているのである」と指摘している。もともとは個人的な思いの発露であった歌の贈答が、やがて一つの政治的な力を持つに至った過程がよくわかる。直接的な戦意高揚という形以外にも、歌が戦争と関わることがあったのである。

*松澤俊二　一九八〇～。国文学者。専攻は日本近・現代文化、文学。

13

みいくさにこよひ誰が死ぬさびしみと髪ふく風の行方見まもる

【出典】石上露子「明星」明治三十七年七月号

戦争に今夜は誰が死ぬのだろうと思うとさびしくて、髪を吹き過ぎてゆく風の行方を見守ることであるよ。

作者は明治十五年に大阪府富田林《とんだばやし》の裕福な造り酒屋杉山家の長女として生まれた。旧家の娘として和歌や日本画、琴、舞踊などの諸芸を身に着け、明治三十六年には新詩社*に入会。与謝野晶子、山川登美子、茅野雅子、玉野花子と並んで「新詩社の五才媛」と称された。

明治三十七年に日露戦争が始まると、大阪の第四師団も参戦し、富田林周辺でも多くの戦死者が出た。この歌は「明星」明治三十七年七月号に「ゆふ

石上露子《いそのかみつゆこ》（一八八二〜一九五九）は本名、杉山孝《たか》。新詩社に入り、「ゆふちどり」などの名前で「明星」に短歌や小説を発表。

*新詩社—明治32年に与謝野鉄幹が創立した詩歌結社。機関誌「明星」を刊行。

ちどり」の名前で発表されたもので、激しさを増す戦争の行方を案ずる思いの深く滲《にじ》んだ一首となっている。

日露戦争は近代の日本人にとって初めて戦死者を身近に意識する戦争となった。日清戦争における死者が約一万四千人であったのに対して、日露戦争では約十一万五千人が亡くなっている。実に十倍以上の死者数である。それまでは戦争は海の向こうで起きていることであり、やや他人事《ひとごと》でもあったのだが、地元の村や知り合いからも戦死者が出ることで、戦争を身近に感じざるを得なくなったのである。

作者は「婦女新聞」*明治三十七年四月十一日付に発表した小説「兵士」の中でも、戦場に赴《おもむ》く兵士を引き止めようとする女性の姿を、夢に見た異国の話として描いている。女性という立場から見た戦争の姿を表現したのであった。けれども、作者は後に結婚した夫から文筆活動を禁じられ、残念ながら文学の世界から身を引くことになる。

平成十五年に富田林市の本町公園に、この歌を刻んだ歌碑が建立《こんりゅう》された。そこには「戦死者とその遺族の身の上を按《あん》じ、国の行末を思い、言い知れぬ深い不安と悲しみにおそわれて詠まれた」と記されている。

＊婦女新聞―明治33年に福島四郎が創刊した女性週刊誌。昭和17年まで続いた。

14

あゝをとうとよ、君を泣く、
君死にたまふことなかれ、
末に生れし君なれば
親のなさけはまさりしも、
親は刃《やいば》をにぎらせて
人を殺せとをしへしや、
人を殺して死ねよとて
二十四までをそだてしや。
【出典】与謝野晶子『恋衣』
ああ弟よ、君を思って泣く
君が死ぬことがありませんように
末っ子として生まれた君だから
親の愛情はひとしおであったけれど

親は刃物を握らせて
人を殺せと教えただろうか
人を殺して自分も死ねよと言って
二十四歳まで育てただろうか。（そんなことはない）

七五調の詩「君死にたまふことなかれ」全五連の最初の一連である。最初に「旅順口包囲軍の中に在る弟を歎きて」とある。初出は「明星」明治三十七年九月号。『恋衣』は山川登美子・増田（茅野）雅子・与謝野晶子の合同詩歌集である。

　ここで詠われている「弟」は晶子の二歳年下の籌三郎《ちゅうざぶろう》のこと。晶子の生家は堺の和菓子商「駿河屋」で、籌三郎は名前からもわかるようにその三男であったが、長男が大学の教授となり、次男は夭折《ようせつ》したため、明治三十六年の父の死後に家業を継いでいた。その籌三郎が明治三十七年、日露戦争で招

与謝野晶子（一八七八〜一九四二）は旧姓、鳳《ほう》。新詩社の雑誌「明星」で活躍。恋愛を大胆に詠んだ歌集『みだれ髪』は大きな評判を呼んだ。

集され、第三軍の第四師団第八連隊の一員として旅順で戦っていたのである。この時、前年に結婚したばかりで妻は妊娠中であった。そうした状況を受けて、晶子は弟の身の上を案じる詩を詠んだのである。「君を泣く」の「を」の使い方に強い思いがこもっているのを感じる。他の連では「堺《さかひ》の街のあきびとの／旧家《きうか》をほこるあるじにて」「暖簾《のれん》のかげに伏して泣く／あえかにわかき新妻《にひづま》を」といった内容も詠まれている。

この詩は、発表当初から大きな批判にさらされた。評論家の*大町桂月《けいげつ》が雑誌*「太陽」明治三十七年十月号の文芸時評に「戦争を非とするもの、夙《つと》に社会主義を唱ふるもの、連中ありしが、今又之を韻文に言ひあらはしたるものあり。晶子の「君死にたまふこと勿れ」の一篇、是也」と書いたのだ。当時、幸徳秋水や堺利彦らが社会主義の立場から非戦論を唱えていたが、大町は晶子の詩に彼らと同様の危険性を感じ取ったのである。

これに対して晶子は「明星」明治三十七年十一月号の「ひらきぶみ」で反論する。「ひらきぶみ」とは封をしていない手紙のことで、夫の鉄幹宛の私信の形をとった文章となっている。晶子はその中で「私が弟への手紙のはしに書きつけやり候歌、なになれば悪《わ》ろく候にや。あれは歌に候」と書き、国

＊大町桂月―一八六九〜一九二五。近代日本の詩人、評論家。本名は芳衛。

＊太陽―明治28年に博文館が創刊した日本初の総合雑誌。昭和3年まで計五三一冊を発行した。

や天皇を思う気持ちは誰にも劣らないと弁明する。その上で「桂月様たいさう危険なる思想と仰せられ候へど、当節のやうに死ねよ〳〵と申し候こと、またなにごとにも忠君愛国などの文字や、畏《おそれ》おほき教育御勅語《ごちよくご》などを引きて論ずることの流行は、この方かへつて危険と申すものに候はずや」と述べ、当時の社会風潮に対して異議を唱えたのである。

これを受けて大町が「太陽」明治三十八年一月号の「詩歌の骨髄」で、「皇室中心主義の眼を以て、晶子の詩を検すれば、乱臣なり賊子なり、国家の刑罰を加ふべき罪人なりと絶叫せざるを得ざるものなり」とさらに批判を展開するなど、賛否両論にわたって大きな話題を呼んだのであった。

戦後はまた一転して、この詩が天皇制反対や反戦の詩であったとして高い評価を受ける状況にある。日本史の教科書などでも非戦・反戦の文脈で取り上げられることが多いのだが、それもまた偏《かたよ》った見方のように思われる。原作を丁寧に読めば、晶子の主眼はあくまで弟の身を案じるところにあることがわかるからだ。時代ごとの主義主張によって毀誉褒貶《きよほうへん》を受けてきた詩であるが、戦場の弟を心配する晶子の一途《いちず》な気持ちは時代を超えて確かに強く伝わってくるのである。

15

起ち難《がた》き我をさいなみまざ〱と敵の砦《とりで》は日に輝けり

【出典】斎藤瀏『曠野《あらの》』

起き上がることが難しい私を苦しめるかのように、眼前の敵軍の砦は太陽の光に輝いている。

作者は明治三十七年に陸軍士官学校を卒業してすぐ、陸軍中尉として日露戦争に出征し、翌三十八年の*奉天《ほうてん》会戦で負傷して内地に送還された。掲出歌はその時のことを詠んだ歌で「負傷して」と題する一連にある。

敵軍の城砦《じょうさい》へと攻撃を掛ける途中で、敵の弾丸を受けて立ち上がれなくなってしまった場面である。他にも〈奪ふべき敵の砦に迫りつゝ如何なれば身を支へ得ぬ脚ぞ〉〈勝ちほこる敵の眼下に打ちすゑてなまごろしには誰が

斎藤瀏《りゅう》（一八七九〜一九五三）は長野県生まれの軍人、歌人。歌人の斎藤史の父。著書に『獄中の記』などがある。

*奉天会戦―明治38年2月20日から3月10日にかけて日露両軍が行った戦い。合わせて六十万人もの兵力が投

なしにたる〉とあるように、立ち上がることもできない状態で、敵軍の砦の前にただ倒れているしかなかったのだ。その無念と恐怖はいかばかりであったろうか。

後に作者は佐佐木信綱に師事して「心の花」*に入会し、本格的に歌の道に進むことになる。歌集『曠野』の前書きには「若くして征露の軍に従つた私には、感激と驚異に値する事ばかりでありました。その為《た》めでもありませうか、私は何時とはなしに歌ふといふことを覚えて、大いなる慰安を戦地の生活から見出し得ました」と記されている。

日露戦争が終った後に作者は、「戦蹟行脚《あんぎゃ》」と称してかつて自分が戦い負傷した場所をめぐっている。自分が倒れていた場所に来て〈ここにして見ればいしくも死なざりきねらはぬ弾丸《たま》も中るべく思ふ〉と詠んでいる。「いしくも」は「よくもまあ」といった意味で、狙わなくても当たるくらいの距離に倒れていてよく命が助かったものだと、あらためて驚いているのである。

作者は後に陸軍少将まで昇進したが、昭和十一年の二・二六事件*において反乱軍を援助した疑いで禁固五年の判決を受けて入獄している。歌人としては昭和十四年に結社「短歌人」を創刊・主宰した。

入された。

*心の花―明治31年に佐佐木信綱を中心に創刊された結社誌。結社名は竹柏会。

*二・二六事件―陸軍の青年将校ら約千五百名が首相官邸などを襲撃したクーデター未遂事件。

16

ひと時に六《むつ》のおほがめ釣るといふそのおほひとは東郷汝《なれ》か

【出典】森鷗外『うた日記』

一度に六匹の大亀を釣り上げたという。その偉大な人は東郷平八郎、あなたでしたか。

詞書に「明治三十八年五月二十八日於慶雲堡」とある。慶雲堡は奉天の北東約百キロに位置する町。森鷗外は日露戦争に陸軍の第二軍軍医部長として出征し、その間に見聞きした出来事を詩歌集『うた日記』に残した。そこには短歌三三一首、俳句一六八句、新体詩五八篇、長歌九篇が収められており、日露戦争の貴重な記録となっている。

明治三十八年五月二十八日から二十九日にかけて行われた日本海海戦*にお

森鷗外（一八六二〜一九二二）は小説家、評論家として有名であるが、短歌にも造詣《ぞうけい》が深く、自宅で観潮楼歌会を開いたことで知られている。そこには与謝野鉄幹、伊藤左千夫、佐佐木信綱、石川啄木、斎藤茂吉らが参加し、結社の枠を超えた交流の場となった。

いて、東郷平八郎率《ひき》いる日本軍は大勝利を収め、ロシア軍の艦船二十一隻を沈没させたほか、六隻の船を拿捕《だほ》することに成功した。戦艦「インペラートル・ニコライ1世」、戦艦「オリョール」、海防戦艦「ゲネラル＝アドミラル・アプラクシン」、海防戦艦「アドミラル・セニャーヴィン」、二等防護巡洋艦「イズムルート」、駆逐艦「ベドーヴィイ」である。

歌の中に「六《むつ》のおほがめ釣る」とあるのは、この六隻の拿捕のことを指している。大亀を釣るという表現は、浦島太郎伝説や東郷が釣りを趣味としていたことなどを踏まえているのだろう。次の歌も〈おぞやわれ陸《くが》にしあればいさなとり海幸《うみさち》よしとききてうらやむ〉とあり、山幸彦《やまさちひこ》と海幸彦《うみさちひこ》の伝説を踏まえつつ、海軍の大勝を羨《うらや》む内容となっている。「おぞや」は「おろかなことだなあ」という意味。

この歴史的な勝利を受けて、日露戦争は講和へ向けて大きく動き始める。六月九日にはアメリカのセオドア・ルーズベルト大統領が日露両国へ講和勧告を行い、九月五日のポーツマス条約調印へと進むのである。*

ちなみに拿捕した船は、後に日本海軍の船となり、戦艦「壱岐《いき》」（インペラートル・ニコライ1世）や戦艦「石見」（オリョール）などと改名された。

＊日本海海戦―日本海の対馬沖で日露両軍の間で行われた海戦。日本軍が勝利を収めた。

＊ポーツマス条約―アメリカのポーツマスで結ばれた日露戦争の講和条約。日本全権は小村寿太郎、ロシア全権はウィッテ。

17

わが兄の斃《たふ》れし原に日は暮れてきびしき凍りいたりけむかも

【出典】平福百穂『寒竹』

私の兄が戦死した野原は日が暮れた後、厳しい凍りつくような寒さに覆《おお》われたことだろう。

大正十四年、作者は朝鮮美術展覧会の審査のために朝鮮に渡り、さらに満《まん》洲《しゅう》へと足を延ばした。そして、その時のことを「満洲行（一）」二十一首、「満洲行（二）」十六首、「満洲行（三）」十首という歌に残している。掲出歌は「満洲行（二）」の中の一首で、一連の初めに「弔黒溝台戦蹟」との詞書が付いている。

黒溝台《こっこうだい》は奉天西郊の地で、日露戦争の激戦地として知られるところである。

平福百穂《ひらふくひゃくすい》（一八七七〜一九三三）は本名、貞蔵。東京美術学校卒。日本画家で「アララギ」の歌人。

明治三十八年一月二十五日から二十九日にかけての戦闘で、日本軍とロシア軍双方ともに約一万人もの死傷者を出している。作者には恒蔵、善蔵、健蔵という三人の兄がいたが、このうち三兄である大和健蔵が、この黒溝台で戦死を遂《と》げたのだ。

百穂は二十年前の戦争で亡くなった兄に思いを馳《は》せながら、野原が広がる黒溝台を訪れたのであった。そして、日が暮れた後の厳しい寒さを想像している。四句目の「きびしき凍り」は点々と斃《たお》れた戦死者の屍《しかばね》を包んだ寒さであり、また戦いの厳しさでもあったのだろう。現地を訪れたことで、その思いがさらに深まったに違いない。

一連には〈夜をつぎて戦ひ止《や》まぬこの原にみちのくの兵士多くはてける〉〈この原に屍《かばね》重なりはてにける我がみちのくの兵をかなしむ〉といった歌もあり、「みちのく」が一つのキーワードとなっている。黒溝台の戦いで主力となった第八師団*は主に東北出身の兵で構成されており、山形県出身の斎藤茂吉の長兄広吉もここで戦い負傷している。百穂もまた秋田県出身であり、自分の兄の死を悼《いた》むのはもちろんのこと、「みちのくの兵」全体を悼んでいるのである。

＊第八師団――明治31年に弘前に設置された陸軍の部隊。

18

たたかひは上海《しやんはい》に起り居《ゐ》たりけり鳳仙花紅《あか》く散りゐたりけり

【出典】斎藤茂吉『赤光』

戦いが上海で起こっていることだ。鳳仙花《ほうせんか》が赤く散っていることだ。

「七月二十三日」と題する五首のうちの一首。同じ一連にある〈めん雞《どり》ら砂あび居《ゐ》たれひつそりと剃刀研人《かみそりとぎ》は過ぎ行きにけり〉と並んで有名な歌である。

中国では清朝《しんちょう》を倒して中華民国を建国した辛亥革命《しんがい》*の後、軍閥の袁世凱《えんせいがい》による独裁政権が続いていた。これに対して、大正二年七月、孫文*、黄興、李烈鈞ら国民党勢力が中国各地で一斉に軍事蜂起を起こした。これを第二革命

斎藤茂吉（一八八二〜一九五三）は歌人、精神科医。山形県生まれ。伊藤左千夫に師事して、「アララギ」の中心的な存在となった。

*辛亥革命―一九一一年に中国で起きた民主主義革命。名前は一九一一年の干支が

と呼ぶ。この歌における「たたかひ」は、上海における両者の軍事衝突の様子を詠んだものだろう。ちなみに、この第二革命は失敗に終わり、孫文たちは日本への亡命を余儀なくされることになる。

上句と下句がまったく別々のことを詠んでいて、二つの出来事のイメージの重なりによって歌が成り立っている。上海で起こった軍事衝突と庭の鳳仙花が散る姿。無関係の二つの出来事ではあるのだが、赤い血が流れるイメージが赤い花びらの散る様子と重なり、また張りつめた緊張感といった点も共通している。韻律の上でも、「居たりけり」「ゐたりけり」と繰り返すところが大胆かつ斬新で、シンプルな文体が耳に残る。

発表当時から話題を呼んだ一首で、「鳳仙花《ほうせんくわ》と上海動乱、この二物衝撃、二者の意外な出会によつて生ずる美的空間は、近代短歌の中でも、『赤光』一巻の中でも、瞠目《だうもく》に値《あたひ》しよう」（塚本邦雄『茂吉秀歌「赤光」百首』）、「上句と下句と別々のことをいっているが、この独特の形態は、説明を排して状態だけを投げ出すようにいって、言葉には説明しがたい感情・空気というものを表現しようとしているのである」（佐藤佐太郎『茂吉秀歌　上巻』）など、現在でも評価が高い。

辛亥であることから。

＊孫文――一八六六～一九二五。中国の政治家・革命家。中華民国の初代臨時大総統。「中国革命の父」と呼ばれる。

19

いきどほりに眼《まなこ》くらみ来《き》読みかけしニコライスクの記事読みつぎ難き

【出典】宇都野研『木群』

憤《いきどお》りのあまり眼がくらんでしまい、読みかけていたニコライスクの記事を読み続けるのが難しいことだ。

宇都野研《うつのけん》（一八七七〜一九三八）は愛知県生まれ。東京帝国大学医学部を卒業して小児科病院を開業。「白檮」「勁草」などを創刊した。

詞書に「尼港」とある。尼港《にこう》とは、ロシア領のアムール川の河口に位置する都市ニコラエフスクのことである。

大正六年にロシア革命が起きたのち、ロシアでは赤軍と白軍による内戦が勃発していた。大正七年には日本やイギリス、アメリカなどの連合国が革命に干渉する目的でシベリアに出兵し、ロシア極東地域は多くの勢力が入り乱れる情勢となった。そんな中で大正九年三月から五月にかけて、ニコラエフスクで赤軍パルチザン*による大規模な住民虐殺事件（尼港事件）が起こった。日本領事館が焼かれ、日本軍守備隊や外交官、日本人居留民など七百名以上が犠牲となったのである。

事件勃発当初は現地の情報が日本国内には伝わらず、救援部隊も厚い氷の海に阻《はば》まれてニコラエフスクにたどり着くことができずにいた。三ヵ月ほどして部隊が到着し、廃墟《はいきょ》となった町を見て初めて国内でも大きく報じられることになったのである。

六月十三日の東京朝日新聞には「血の海、屍の山を踏んで大虐殺の尼港を実査す」「幽閉邦人が死に面して獄壁に刻せる絶筆」「黒龍江に投ぜられし五千の死体」といったセンセーショナルな見出しが載っている。作者もこうした新聞記事を読んだのだろう。

「いきどほりに眼《まなこ》くらみ来《き》」という非常に強い表現を用いて憤りの強さを表している。特に無抵抗の住民までもが殺害されたことに対して激しい怒りを覚えたのに違いない。これが当時の日本人の一般的な反応であった。それに後押しされるようにして、日本軍は北樺太*《からふと》を占領し、撤退論の出ていたシベリア出兵を継続することとなったのである。

＊パルチザン――内戦・革命・占領地域などにおいて労働者・農民などにより組織された非正規軍。

＊北樺太――北緯五十度以北の樺太（サハリン）。南樺太は当時日本領であった。

20

兵隊にとらるゝことの
にぎはしき　心をどりは、
さびしかるべし

【出典】釈迢空『春のことぶれ』

兵隊に採られることになって賑《にぎ》やかに喜ぶ気持ちは寂しいものだろう。

「甲種合格の大学生に」と題する二首のうちの一首。二首目は〈兵隊のからだ苦しき／安らさは／告げやすからず。／若き人にむきて〉とある。初出は超結社《ちょうけつしゃ》の同人誌「日光」*の昭和二年十二月号。

当時、二十歳になった男性は徴兵検査を受けることが義務付けられており、検査に合格した者は翌年の一月に入営することになっていた。検査結果は「甲種」「乙種」「丙種」「丁種」「戊種」に分けられ、このうち身体頑健かつ健康

釈迢空《ちょうくう》（一八八七～一九五三）は歌人、民俗学者、国文学者。本名折口信夫。「折口学」とも称される膨大な業績を残す。歌人としては最初「アララギ」から出発し、後に「アララギ」を離れ「日光」創刊に参加。

*日光―北原白秋・川田順・

で入営する可能性が高いのが甲種であった。甲種合格は名誉なこととされ、家で赤飯を炊いたなどという話が伝わっている。

この歌に詠まれている「心をどり」もそうした喜びの表現であろう。作者は大正十年に國學院《こくがくいん》大学の教授となり、昭和三年には慶應義塾《けいおうぎじゅく》大学教授を兼任し、数多くの学生を育てた。自らの教え子が甲種合格を喜ぶ姿に、一抹《いちまつ》の寂しさと不安を感じたのだろう。

この大学生は、明治四十年生まれで当時國學院大学に在籍していた二十歳の*折口春洋《はるみ》（旧姓、藤井）のこと。自歌自註に「家の春洋が同じ境遇にたつた時に、贈つた歌である」（『折口信夫全集31』）と記されている。春洋は作者に師事し、後に同居して養子ともなる。

春洋は昭和五年に大学を卒業した後、翌六年に志願兵として金沢歩兵聯隊《れんたい》に入隊。昭和十六年には招集《しょうしゅう》を受け、さらに昭和十八年には二度目の招集を受けて、大戦末期の硫黄島へ送られることになる。

そうした将来を予見したわけではないだろうが、硫黄島の戦いで春洋が戦死することを思うと、「さびしかるべし」という言葉が予言のようにも響いてくるのである。

古泉千樫らにより大正13年に創刊された短歌雑誌。昭和2年廃刊。

＊折口春洋　一九〇七～一九四五。国文学者。石川県羽咋郡生まれ。

21
戦争のたのしみはわれの知らぬこと春のまひるを眠りつづける

【出典】前川佐美雄『植物祭』

戦争の楽しみなどというものは私のあずかり知らぬものであり、春の真昼間を眠り続けている。

モダニズムの歌集として評価の高い『植物祭』（昭和五年）の中の「戦争と夢」と題する五首の一首目である。他に〈きたならしい人間のすることに飽きはてて春の植物を引き裂《さ》いてやる〉〈人間のたのしみの分らぬ貴様らは野の炎天にさらされてをれ〉といった歌が収められている。

「戦争のたのしみ」という言い方がまずは強い印象を与える。戦争を起こす人間や社会に対する批判や批評精神を読み取ることができるだろう。ある

前川佐美雄（一九〇三～一九九〇）は奈良県生まれの歌人。昭和初期にモダニズム短歌を推進。後に大和の風土や歴史を歌に取り入れた作品を詠んだ。

いは、戦争というものに、人間が本来持っている暴力性を見出しているのかもしれない。

昭和初期、世界恐慌《きょうこう》*などが起きて暗い時代へと向かう中にあって、どこか醒《さ》めた目線とモダニズム的な軽快さが感じられる。そして、人間の本質に迫る力を持った一首と言って良い。「たのしみ」「まひる」「つづける」など、ひらがなを多用した表記の柔らかさも印象的だ。

作者は後に戦争賛美の歌を多く詠み、戦後それに対する厳しい批判を受けることになる。昭和二十二年には『植物祭』の増補改訂版が刊行されるのだが、掲出歌は〈われわれの帝都はたのしごうたうの諸君よ万とわき出でてくれ〉〈いますぐに君はこの街に放火せよその焔《ひ》の何んとうつくしからむ〉といった他の四首とともに削除されている。

塚本邦雄は「琅玕《ろうかん》のみち」（角川「短歌」昭和六十二年五月号）の中で、「初版『植物祭』からの削除歌は、紛れもなく、条件つきの秀作である」と述べるとともに、「発刊昭和5年の真夏当時既に、公表するには、いささかならぬ勇気と決断をようしたのかもしれない」という点を指摘して、その先見性を讃《たた》えている。

＊世界恐慌―昭和4年にアメリカから始まった世界的な景気の悪化。各国の資本主義経済に深刻な影響を与えた。

22

縦列になつて、ぐいぐいと牽く野砲だ。凍《し》みついた野砲は身ゆるぎもしない

【出典】前田夕暮『水源地帯』

縦に連なって馬がぐいぐいと野砲を牽《ひ》くが、凍りついた野砲はびくとも動かない。

昭和七年の「土嚢《どのう》」という九首の連作の一首である。連作の最初に「上海事変（ある画報より）」とあり、この年に起きた第一次上海事変を詠んだものであることがわかる。

野砲は野戦で用いられる大砲の一種で、主に輓馬《ばんば》と呼ばれる馬に牽かせて移動させていた。当時の日本軍の主力であった九〇式野砲*は、六頭立ての馬で運搬していたと言う。おそらくぬかるみのようなところで凍りついてし

前田夕暮（一八八三〜一九五一）は尾上紫舟に師事。若山牧水とともに自然主義を代表する歌人で、「詩歌」を創刊した。

*九〇式野砲―昭和6年の満州事変から実戦で用いられた日本陸軍の野砲。重量千

まって動かないのだろう。何頭もの馬や兵が必死に移動させようとしている様子を詠んだものである。戦争には戦闘の場面だけでなく、背後に様々な苦労があることがよくわかる。

作者は第一歌集『収穫』以来、文語定型の歌を詠んでいたが、やがて定型に対する試行錯誤を経て、昭和四年に*飛行機に乗った時の歌〈自然がずんずん体のなかを通過する——山、山、山〉などを機に、口語を用いた自由律へと移行する。

第七歌集『水源地帯』はその集大成とも言える一冊で、序文には「詩は単なる形式の為めの形式であつたり、古い時代の模倣であり、繰り返しであつてはならぬ」「私は正直に言ふ。この「水源地帯」一巻こそ、私のほんとうの処女歌集であると」といった自信に満ちた熱い文章が記されている。

一連には他にも〈雪の上に、ひしやげた赤い軍帽があつて、上海市街地がからりと明るい〉〈土嚢だ土嚢だ、えたいのわからぬ土嚢の堆積からくる恐れだ〉といった歌がある。口語の勢いのあるリズムが臨場感のある描写を生み出していると言って良いだろう。しかし、その後の時代の流れの中で口語自由律は衰えていき、作者も昭和十八年に定型に回帰することになった。

四百キロ。最大射程一万四千メートル。

*飛行機に乗った時の歌——朝日新聞社の飛行機に前田夕暮・斎藤茂吉・土岐善麿・吉植庄亮が乗り、「四歌人空の競詠」と題して歌を発表した。

23

廟行鎮はきさらぎさむき薄月夜おどろしく三人《みたり》爆《は》ぜにたるはや

【出典】北原白秋『白南風《しらはえ》』

廟行鎮《びょうこうちん》の寒い二月の、月の光がほのかに差す夜に、驚くべきことに三人は自爆を敢行したことであった。

昭和七年二月二十二日、*第一次上海事変において、上海近郊の*廟行鎮に築かれた中国軍の陣地に突入する作戦が行われた。陣地はクリーク（水路）とトーチカと鉄条網で守られており、鉄条網を破壊する必要がある。その際、独立工兵第十八大隊の江下武二、北川丞《すすむ》、作江伊之助の三名の一等兵が爆薬を装填した破壊筒を持って突入し、鉄条網の爆破に成功したものの自分たちも爆発に巻き込まれて戦死した。

北原白秋（一八八五～一九四二）は詩人、童謡作家、歌人として活躍し、「多摩」を創刊。歌集に『桐の花』『黒檜』など。

＊第一次上海事変―満州事変に関連して上海周辺で起きた日中両軍の戦闘。昭和7年1月28日から始まり、停

彼らは自らの身をかえりみずに敵陣への道を切り開いた英雄としてマスコミなどに取り上げられ、たちまち軍国美談となった。二月二十四日の東京朝日新聞には「〝帝国万歳〟を叫んで我身は木端微塵《こっぱみじん》、3工兵点火せる爆弾を抱き、鉄条網に躍りこむ」といった見出しが載っている。

その後、新聞では彼らを讃《たた》える歌詞の募集が行われ、毎日新聞「爆弾三勇士の歌」は与謝野鉄幹が作詞、辻順治・大沼哲が作曲してポリドールレコードより、朝日新聞「肉弾三勇士の歌」は作詞中野力、作曲は山田耕筰《やまだこうさく》で、コロムビアレコードより発売された。また多くの映画や銅像にもなっている。

掲出歌もそうした報道をもとに詠まれたものだろう。「廟行鎮はきさらぎさむき薄月夜」という上句《かみのく》は講談調とも言うべき言葉運びとなっている。また、「三人《みたり》爆《は》ぜにたる」という直接的な表現には、軍国美談と同じく彼らの勇気を讃える心情が表れている。

作者は大正期に「揺籃《ゆりかご》のうた」「ペチカ」「からたちの花」など今も人口に膾炙《かいしゃ》する童謡を数多く作詞したが、晩年は「万歳ヒットラー・ユーゲント」「ハワイ大海戦」「愛国行進曲」を作詞するなど、次第に時代の波に取り込まれていった。

戦協定が結ばれたのは5月5日。

＊廟行鎮―現在の上海市宝山区の一地区。上海中心部より北へ約十キロ。

24

揚子江の闇《やみ》にまぎれてしのびよる「きさらぎ」「うづき」灯《ひ》をひそめたり

【出典】園瀬真砂詩『戦塵』

揚子江の闇夜に紛れて忍び寄る駆逐艦「如月《きさらぎ》」「卯月《うづき》」は、灯火を消して行動している。

昭和七年一月に第一次上海事変が勃発。日本海軍は「出雲」を旗艦《きかん》*とする第三艦隊を編制する。「睦月」「如月」「弥生」「卯月」からなる第三十駆逐隊もこれに加わり、上海で作戦に従事した。掲出歌は灯火を消して夜間に揚子江に侵入する船の様子である。別の歌に「世界戦史に輝く敵前上陸を揚子江岸七了口に敢行す」という詞書があり、三月一日未明に行われた七了口上陸作戦の場面であることがわかる。

＊旗艦―艦隊の司令官が乗り、指令を発する船。

「きさらぎ」も「うづき」も優美な名前であるが、旧日本海軍の一等駆逐艦の名前は天候や気象、季節に関する用語が付けられることになっていた。そのため「初春」「白露」「朝潮」といった名前の艦ばかりなのである。ちなみに戦艦は旧国名（「大和」等）、一等巡洋艦は山の名前（「高雄」等）、二等巡洋艦は川の名前（「阿賀野《あがの》」等）などと決まっていた。

　作者は歩兵第四十三聯隊第十中隊第二小隊第一分隊長として従軍した軍曹で、歌人として有名な人物ではないが、「吾妹」に所属して作歌歴十年であったらしい。徳島の小松島港を出発して途中で「如月」に移乗し、敵の中国国民党軍の背後へ上陸、上海近郊で激しい戦闘を行ったことが詠まれている。歌集『戦塵』には百三十五首が収められ、巻末記には「過去現在を通して現役軍人で歌集を出してゐるのは「心の花」の斎藤瀏少将と「国民文学」の菊池剣*氏の二人ときいてゐます」と書かれている。現役の軍人が刊行した歌集として評判を呼んだようだ。

　上海事変で活躍した駆逐艦のその後であるが、「如月」は太平洋戦争の初め、昭和十六年十二月十一日にウェーク島攻略戦で撃沈されている。また「卯月」は、昭和十九年十二月十二日にレイテ島近くで沈没した。

＊菊池剣——一八九二〜一九七七。歌人。福岡県生まれ。大正7年、「国民文学」に入会し、半田良平に師事。昭和10年、「やまなみ」創刊。

25

凍る野に戦ひをらむ子を思へば暖かき飯に涙おつるも

【出典】 久保田不二子『手織衣』

凍るような寒さの野原で戦っているだろう息子のことを思うと、温かなご飯の上に涙が落ちることだ。

昭和七年二月二十四日、作者の息子の久保田健次は召集令状を受けて松本の歩兵第五十聯隊に入営し、三月五日には松本を発《た》って上海へと向かった。季節はまだ寒い時期である。上海の戦場にいる息子を思いながら食事を取る作者の悲しみがじんわりと伝わってくる。

作者は歌人*島木赤彦《しまきあかひこ》の妻であり、赤彦の最初の妻であった姉の死後、赤彦の後妻になっていた。健次は次男であるが、作者にとっては初めての子ども

久保田不二子（一八八六〜一九六五）は長野県生まれの「アララギ」の歌人。島木赤彦の妻。

*島木赤彦―一八七六〜一九二六。歌人。長野県諏訪郡生まれ。本名、久保田俊彦。

であり、この時、二十六歳。大正六年に先妻の子である長男政彦が亡くなり、大正十五年には夫の赤彦も亡くなっている。作者にとって一番頼りの存在である息子が戦争へ行ったのだ。

「次男健次出征」と題する八首の中には〈雪あるる曠野《あらぬ》の土に起き臥して戦ふ汝《なれ》は涙ぐましき〉〈庭の土に見る月光《つきかげ》は上海《しやんはい》の曠野《あらぬ》が原にも今宵照るべし〉といった歌もある。宿舎などもなく雪の降る戦場に野営する光景を思い浮かべていることがわかる。子を思う母の気持ちが溢《あふ》れた歌だ。

幸いなことに、翌昭和八年に健次は無事に帰ってくる。〈上海に去年の春をたたかひし話をしつつのぼる草山〉という歌が詠まれており、辛かったことも過ぎてしまえば今は良い思い出話という感じであろう。

しかし、時代はこうしたのどかな時間をいつまでも許してはくれなかった。その後も「昭和十二年九月十三日、我子再び出征す」と題する歌があり、昭和十五年には「吾子帰還す」、さらに「昭和十八年十二月八日、次男健次三度出征を送る」という題で歌が詠まれている。十五年戦争と呼ばれる長い戦争が続く中にあって、母親である作者は気の休まることのない歳月を過ごしたのであった。

大正期の「アララギ」の編集・発行を担った。

26

鏡なす月夜《つくよ》和多津美《わたつみ》はてなくて翔《と》ぶ機の影ぞ澄み移るのみ

【出典】穂積忠『雪祭』

鏡のように平らな月夜の海は果てしなく続いていて、空を飛ぶ飛行機の影が澄んで移りゆくばかりであるよ。

「月夜南京《ナンキン》空爆之歌―わが従弟に海軍航空少佐あり。その心境をしのびて」という一連二十首にある歌で、詞書に「渡洋飛翔」とある。海を渡って爆撃機が飛ぶことを渡洋《とよう》爆撃と言い、昭和十二年八月十三日の第二次上海事変*勃発後に、日本海軍が台湾や九州から上海への長距離爆撃を行ったことが有名である。その後も、上海、南京、揚州、広東などへの渡洋爆撃は、大陸側に日本軍の基地が確保されるまで続いた。

穂積忠《きよし》（一九〇一～一九五四）は国文学者、歌人。中学時代に投稿を通じて北原白秋に師事。國學院大学では折口信夫に民俗学を学んだ。

*第二次上海事変―盧溝橋事件に関連して上海周辺で起きた日中両軍の戦闘。全面

この歌に詠まれているのも、そのようにして南京への渡洋爆撃が行われている場面である。一連は「基地出発前」から「渡洋飛翔」「着陸後」という流れになっているが、もちろん実際にその光景を見たわけではなく、新聞等のニュースから想像したものであろう。満月の照らす海の上を飛んでいく飛行機の姿が美しく描かれている。

この歌で注目すべきは、「機」の一語以外はまるで自然描写のような一首となっているところだろう。例えば、もしここが「鳥」であったら、月夜を飛ぶ渡り鳥の歌としても成り立つ感じがする。「鏡なす」「*和多津美《わたつみ》」「澄み移る」といった古風な言い回しを用いて、戦争を美しく詠んでいるところに特徴がある。

他にも〈ひた思《も》へど思《も》ふことなきに愕《おどろ》きぬ海原《うのはら》渡り翔《と》び翔《と》ばむのみ〉など、大和言葉を中心とした和歌的な詠みぶりが目立つ。自分が飛行機に乗っている人物に成り代わって詠んでいる点にも注意したい。

歌集の最初には「つつしみて／この貧しき書を／北原白秋／釈迢空／両先生に捧ぐ」という献辞があり、白秋と迢空《ちようくう》の序文も載っている。こうした系譜も作者の歌を理解する上では欠かせないものであろう。

的な日中戦争へとつながった。

*和多津美―海をつかさどる神。海神。海。

27

腰をかがめて
高粱畑を馳《かけ》る兵の
背嚢はいいい重そうだ。
ゆさゆさと揺れる

【出典】 渡辺順三『烈風の街』

腰をかがめて高粱《コウリヤン》畑を駆けていく兵の背負っている背嚢《はいのう》が重そうにゆさゆさと揺れている。

渡辺順三(一八九四〜一九七二)はプロレタリア短歌の代表的歌人。昭和4年にプロレタリア歌人同盟を結成し、「短歌前衛」「プロレタリア短歌」などに作品を発表。

昭和十二年の作品。「ニュース映画」という題で六首が収められている。他には、〈スクリンの正面むいて/にこり笑つた/若い兵士の/顔のあどけなさ。〉〈もくもくと黒煙《こくえん》あがる/上海市街/一人の兵は土に腹這う。〉など。どの歌も口語の自由律で、掲出歌は七・八・六・十・八というリズムだ。「高粱《コウリヤン》」は中国で栽培されるモロコシの一種で、背の高い穂に隠れるようにして兵士が走っているのだろう。高粱と兵と背嚢の動きが目に見えるようで、映像的な作品となっている。

　ニュース映画とは映画館において映画本編が上映される前に映されるニュースのことで、当初は大手新聞各社の宣伝の意味合いが強かったが、日中戦争が始まってからは戦地の状況を伝える報道の一環として活況を呈することになった。

　もちろん、国策に沿ったプロパガンダ的な要素も強く、内務省*は「1．軍紀をみだし、又軍隊を滑稽化せざる事。2．多量の血糊《ちのり》等を用い残忍なる戦争の場面を殊更《ことさら》に誇張表現し、実戦感をそそらざる事。3．応召兵並びに応召家族の意気を挫《くじ》き、又喪失せしむるものにならざる事。4．享楽的、退廃的なものを避ける事」といった通達を出している。こうしてニュース映画は、新聞やラジオとともに、国民に戦争の状況を伝え戦意を高揚《こうよう》させる役割を果たしたのである。

　そうした状況にあって、作者の戦争を詠んだ歌には、一人一人の兵の視点に立ったものが多い。そこにはプロレタリア歌人としての目が光っている。後に作者は、昭和十六年十二月に検挙され、昭和十九年に治安維持法違反容*疑で懲役二年執行猶予四年の判決を受けている。

＊内務省――警察・地方行政などを管轄した中央官庁。昭和22年に廃止。

＊治安維持法――国体の変革や私有財産制を否定する運動を取り締まる法律。大正14年に制定され、昭和16年に全面改正された。

28

この戦《いくさ》畏《おそ》れながらにクリイクやトオチカといふ語《ご》を愛《あい》しそむ

【出典】筏井嘉一『荒栲』

この戦争を畏《おそ》れつつも「クリーク」や「トーチカ」という言葉に心がひきつけられ始めている。

「クリイク」は中国に多く見られる小運河、「トオチカ」はコンクリートで構築した防御陣地のこと。いずれも中国軍の陣地に多く築かれて、日中戦争に際して日本人がしばしば耳にするようになった言葉であった。他にも〈たどりみる地図はてもなし戦線の兵のかげ生きてわれを鞭(むち)うつ〉〈いのち凄(すご)く兵攻め進むトオチカをクリイクをおもへ驚異あらたに〉といった歌があり、中国大陸の戦場へ思いを馳《は》せている様子が伝わってくる。

筏井《いかだい》嘉一《かいち》（一八九九〜一九七一）は富山県高岡市出身。俳人の筏井竹の門の子として生まれ、「日光」「香蘭」などで短歌を発表し、昭和15年の合同歌集『新風十人』への参加で歌壇の注目を集めた。

掲出歌は戦争の前途についての不安や危機感を持ちながらも、報道などを通じて初めて耳にする言葉に興味を持ち始めるというのである。「語《ご》を愛《あい》しそむ」という表現が特徴的で、ここには歌人としての業《ごう》とでも言うべきものが表れているように思う。言葉に強い関心を持ち、新しく覚えた言葉をやはり歌の中で使ってみたくなるのだろう。

歌集『荒栲《あらたへ》』はA～Eの五部構成になっており、そのうちBの「戦ひ」に日中戦争の歌がまとめられている。全体に戦意高揚や国威発揚《こくいはつよう》という感じはあまりなく、戦地で戦う兵の苦労を思うとともに、戦争での犠牲に胸を痛めるといった内容が多い。

例えば、〈支那民衆落ちゆく写真ぜひもなく敵と見ながら子のあはれなり〉や〈捧《ほう》じ来《く》る柩《（ひつぎ）》に遺児《ゐじ》の添ふ見れば戦死の後《のち》がまたあはれなり〉は、それぞれ中国の避難民の子どもや戦死した日本兵の遺児を詠んだ歌である。どちらも子どもの姿に目を留《とど》めているのが印象的だ。作者は昭和八年に結婚し、十年に長女が、十二年には次女が生まれている。子どもへ向ける目線には、幼い子を育てている作者自身の境遇や小学校の教員をしていた経歴が反映しているのかもしれない。

29

工兵の支《ささ》ふる橋を渡るとき極《きは》まりて物をいふ兵はなし

【出典】山口茂吉『赤土』

工兵が肩で支《ささ》える橋を渡る時に思いは極まって、ものを言う兵は誰もいない。

昭和十二年の「戦線処々」二十六首より。一首目に〈舟《ふね》の舳《へ》に据ゑし機関銃もろ打ちに湖《うみ》を渡れど敵は映《うつ》らず〉という歌がある。結句《けっく》の「映らず」という言葉から、ニュース映画や写真などに取材して詠んだ一連であることがわかる。

一連には「太湖」（江蘇省《こうそしょう》・浙江《せっこう》省）や「南京」（江蘇省）といった地名が登場する。

昭和十二年七月の*盧溝橋《ろこうきょう》事件により始まった日中戦争は、八月の第二次上

山口茂吉（一九〇二～一九五八）は「アララギ」で斎藤茂吉に師事。茂吉三高弟の一人。戦後は「アザミ」を創刊・主宰するとともに『斎藤茂吉全集』の編集に尽力した。

*盧溝橋事件――北京の南西約

海事変以降、上海から南京にかけての揚子江下流のデルタ地帯＊が主な戦場となっていた。このあたりはクリークが多い場所として知られており、掲出歌はクリークを渡る際に工兵が仮橋を渡して、それを水の中に入って肩で支えている場面である。工兵が支えている橋の上を、多くの歩兵が無言で次々と渡って行くのだ。

　工兵とは歩兵、砲兵、騎兵と並ぶ陸軍の四大兵科の一つであり、野戦築城、道路建設、塹壕《ざんごう》掘り、鉄道建設、渡河、架橋などの技術的任務に服する兵のこと。歩兵部隊を通すために全身ずぶ濡《ぬ》れになって支える工兵たちの献身的な姿に、思わず感動の思いが溢れたのだろう。それはまた戦いの厳しさを伝えるものでもあったに違いない。

　一連には〈戦ひはきびしからむと戦死者の載らざる新聞見つつおもへり〉〈傷癒えて前線へ明日《あす》発《た》つといふ兵の放送はわれを泣かしむ〉という歌もある。多くの国民と同じように、作者も新聞やラジオなどによる戦争の報道に注目していたことがよくわかるだろう。また、戦死者や戦傷者のことを詠んでいる点にも注意したい。国内での報道が戦勝に賑《にぎ》わう中にあっても、その背後にある死者や犠牲に目を向けているところが印象的である。

十五キロの盧溝橋で起きた日中両軍の衝突。日中戦争の発端となった。

＊デルタ地帯──河川によって運ばれた土砂が河口付近に堆積してできた土地。三角州。

30

裸にて水渡りゐるは江南にして山西戦線は雪ふれりけり

【出典】加藤将之『対象』

裸になって水を渡っているのは中国の江南地方の戦場であり、山西戦線においては雪が降っていることだ。

加藤将之（一九〇一～一九七五）は歌人、哲学者。山梨大学教授。「水甕」主幹。

昭和十二年の「火点攻撃戦」二十三首より。「火点」（特火点）とはトーチカのこと。作品中に「トーチカはポイントの義とか、心やみがたく詠みたる歌」という説明があるように、ロシア語では「点」を意味する言葉である。

一連には〈敵陣の鳥瞰図《てうかんづ》といふに絞《しぼ》り染《ぞめ》の花模様なして散れりトーチカ〉〈火点《くわてん》をつなぎ蜘蛛手《くもで》に走る塹壕の線は太々《ふとぶと》とふくれてくねる〉など、ニュースで見る戦況を、まるで盤上のゲームのように捉えている歌がある。これは二〇〇三年のイラク戦争*などにおける私たちの感じ方とも通じるものではないだろうか。

その一方で掲出歌は中国大陸の広さをまざまざと感じさせる。一口に日中戦争と言っても、場所によって戦いの様相はまったく異なる。揚子江沿岸地帯ではクリークを裸になって渡って行く場面があるかと思えば、黄河の近くの山西省付近では雪が降る中の戦いとなっているのである。戦線が拡大して、中国大陸の広い地域に渡って戦闘が起こっていることがよくわかる。

昭和十二年七月七日の盧溝橋事件に端《たん》を発した戦争は、八月に第二次上海事変、九月には保定《ほてい》攻略、十一月に蘇州《そしゅう》、無錫《むしゃく》、常州《じょうしゅう》を攻略、十二月には南京陥落と続いていく。こうした戦線の拡大は、日中戦争*が泥沼化していく大きな原因ともなった。それまで聞いたことのなかった地名が次々と報道の中に表れて、人々は地図を見ながら日本軍の進撃の様子などをイメージしていたのであろう。

近代の日本にとってこうした広大な領土をめぐる戦争は初めてのことであった。この歌にも前線の兵の苦労を偲《しの》ぶ思いだけでなく、戦いの前途に対する不安のようなものが滲《にじ》んでいるように思われる。

*イラク戦争―アメリカを中心とした有志連合がイラクの大量破壊兵器保持を理由に起こした軍事介入。

*日中戦争―昭和12年7月に始まった日本と中国の戦争。昭和16年12月からの太平洋戦争へと発展し、昭和20年8月まで続いた。日華事変。支那事変。

31

頑強なる抵抗をせし敵陣に泥にまみれしリーダーがありぬ

【出典】渡辺直己『渡辺直己歌集』

頑強な抵抗を続けた敵の陣地の中に泥にまみれた英語の読本があった。

作者は日中戦争に応召《おうしょう》し、陸軍少尉として大陸に渡った。天津《てんしん》を中心に済南や南京などに転戦しつつ作者が「アララギ」*に送った戦地詠は、発表当時から話題となり、しばしば「其四」欄（特選欄）に選ばれた。そして、昭和十四年の事故死の翌年に『渡辺直己歌集』が刊行されたのである。

作者の歌は写実的な戦闘描写や知識人としての苦悩に特徴があり、掲出歌でも敵の陣地に残された英語の本を見て、おそらくは若い学生のような敵兵

渡辺直己《なおき》（一九〇八～一九三九）は広島県呉《くれ》市出身。呉市立高等女学校の教師。「アララギ」で土屋文明に師事。

*アララギ―明治41年に正岡子規門下の蕨真《けっしん》・伊藤左千夫らによって創刊された短歌雑誌。平成9年終刊。

の運命に思いを馳せているのだろう。「泥にまみれしリーダー」という具体物の印象が鮮明である。

他にも〈照準つけしままの姿勢に息絶えし少年もありき敵陣の中に〉〈涙拭《ぬぐ》ひて逆襲し来る敵兵は髪長き広西《こうせい》学生軍なりき〉といった歌もある。渡辺自身が教師であったから、こうした敵の若い兵に寄せる思いには複雑なものがあったに違いない。

もっとも、こうした臨場感あふれる戦争詠には、実際には戦地へ赴く前の伝聞や想像で詠まれた歌が含まれていることが、現在では明らかになっている。掲出歌も、初出では〈頑強なる抵抗をつづけし敵陣にリーダーがすててありたりと云ふ〉（「アララギ」昭和十二年十二月号）と伝聞形であり、作者の実体験ではない。その後の改作によって実体験のように推敲《すいこう》したのであった。

こうした渡辺の手法については現在でも賛否両論があるのだが、映像的でイメージの鮮明な歌の持つ力そのものは変らない。渡辺の歌は戦時中は戦地詠の代表としてもてはやされ、戦後は一転して忘れられ、現在ではヒューマニズム的な観点から評価されることが多い。けれども、そうした枠組みや価値判断をまずは外して、一首一首の歌に向き合うことが必要だろう。

32

足枷をいまは取られて斬らるるがあはれのばせり地の上に足を

【出典】山本友一『北窓』

足枷《あしかせ》を今解かれていよいよ首を斬られるところであるが、ああ、曲がっていた足を地面の上にのばしたことだ。

「匪賊《ひぞく》斬首」と題する連作の一首。拘束されていた足を解かれていよいよ処刑される場面である。もう今さら足を伸ばしてみたところで仕方がないのであるが、それでも足を伸ばして束の間《つかのま》、不自由な姿勢でいた足の痛みを和《やわ》らげているのである。そこに相手もまた一人の同じ人間であるということを感じて歌に詠んでいる。

関ヶ原の戦いで敗れた石田三成《いしだみつなり》が処刑前に喉が乾き水を所望したところ、

山本友一《ともいち》（一九一〇～二〇〇四）は石川啄木の影響で歌を詠み始め、「国民文学」で松村英一に師事。戦後、香川進らと「地中海」を創刊した。

「水はないが柿がある」と言われ、「柿は毒なのでいらない」と答えたというエピソードを思い出す。目の前に死が迫っていても、人はこのように応対するものなのだろう。

「匪賊」とは中国の武装集団、盗賊集団を指す言葉で、ゲリラ的な活動によってしばしば日本軍や日本人を悩ませた。山本は当時*南満州鉄道株式会社（満鉄）に勤務し、軍用鉄道の建設業務に従事しつつ、兵としても三度招集されている。満鉄は半官半民の国策会社で、鉄道経営だけにとどまらず、炭鉱、製鉄、電力、ホテル、運輸など多方面に事業を展開していた。その満鉄も匪賊の暗躍には相当に手を焼いていたのである。

　歌集には「北満一帯は馬占山及李海青等の反乱軍跳梁を極む。鉄道建設現場にては是等兵匪の毒手を受けし惨死体を凍土の上に探索し、或ときはこれを銃火の下にて焼く」といった説明がある。鉄道建設の作業員や職員などが匪賊により殺されるということがしばしば起きていたのだ。

　だから、捕えられて処刑される匪賊は、当然憎い敵なのである。しかし、この歌では一人の人間としての共感と同情が示されている。足を伸ばすというちょっとした仕種《しぐさ》に、はっと胸打たれる思いがしたのであろう。

＊南満州鉄道株式会社―日露戦争後のポーツマス条約によって譲渡された鉄道などの経営のために明治39年設立。昭和20年にソ連軍、のちに中国に接収された。

33

目の前の土はね上げし跳弾《てうだん》は右頬にあつきうなり曳きたり

【出典】川野弘之『支那事変歌集　戦地篇』

目の前の土を跳ね上げた跳弾は私の右頬をかすめて熱いうなりを曳《ひ》いて飛んで行った。

日中戦争・太平洋戦争の時期には、戦争を詠んだ短歌のアンソロジーが何冊も編まれた。大日本歌人協会*編纂《へんさん》の『支那事変歌集』もその一つで、昭和十三年に「戦地篇」が、昭和十六年に「銃後篇」が刊行されている。「戦地篇」は昭和十二年七月の日中戦争勃発後、昭和十三年十月までに発表された作品三万首以上の中から、作者五百名、歌数二千七百四首を選んで収めており、作者名の五十音順に並んでいる。

川野弘之（一九一四～二〇一二）は昭和7年「短歌詩人」で作歌を始め、38年「地中海」に参加。61年に「波動」を創刊。

*大日本歌人協会―昭和10年に結成された超結社の歌人団体。理事は北原白秋・土岐善麿・石榑千亦ら。昭和

巻末の作者略歴を見ると、川野弘之は「大正二年*岡山県英田郡林野村に生る。警察官。『蒼穹』を経て昭和十年『国民文学』に入る。同十二年八月出征。中支派遣軍。」とある。当時はまだ名を知られた歌人ではなく、一般の結社の投稿者であったのだろう。この本には三十二首が収められている。

「跳弾」は装甲板や岩などに当たって跳ねた銃弾のことで、ここでは地面に跳ねた弾が、おそらくは匍匐《ほふく》前進する作者の右頬をかすめるように飛んでいったという緊迫した場面である。まさに間一髪と言って良いだろう。弾の飛んで来る場所が少しずれていたら即死という状況だ。他に〈毛布よりのぞきし足に靴下の破《やぶ》れし穴がいたくかなしき〉という戦死者を詠んだ歌もあり、厳しい状況での戦闘であったことがうかがわれる。

凡例《はんれい》に「支那事変が稀有《けう》の大戦であり、日本の国運を賭《と》しての聖戦であると共に、これを契機として生れた作品は、我が和歌史の上に特筆せらるべき性質のものでなければならない」とある通り、本来は戦意高揚、国威発揚を意図して編纂されたアンソロジーであるが、現在の目で見ても良い歌が多く、単なるプロパガンダと切り捨てることはできない。太平洋戦争の時期に比べれば、まだ社会にも余裕があったということだろう。

15年解散。

*大正二年―正しくは大正三年。

34

水の上に捕虜となりたる娘子軍《ぢやうしぐん》は十八九歳にて皆若かりき

【出典】小泉苳三『山西前線』

水上で捕虜となった敵の女子義勇軍は皆十八、九歳と若かった。

昭和十四年の作。作者は昭和十三年十二月から十四年四月にかけて陸軍省嘱託《しよくたく》として中国大陸に従軍した。

この歌は「娘子軍」と題する五首のうちの一首。娘子軍は中国の女子義勇軍のことである。日本軍には女性はいなかったので、珍しく、また哀れにも感じたのであろう。〈塹壕に最後までありて死行きし娘子軍《ぢやうしぐん》の死体まだ暖かに〉〈はるかなる水に浮びし娘子軍をあはれと思へねらひ射《う》ちたり〉といっ

小泉苳三《とうぞう》（一八九四〜一九五六）は歌人、国文学者。尾上柴舟に師事。大正11年に「ポトナム」を創刊、主宰。

た歌がならぶ。追い詰められて城壁から濠に飛び込んだ娘子軍を狙い撃って、ついには捕虜にしたようだ。捕まえた敵が女性であるだけでなく、皆十八、九歳といった若さであったことに、驚きを覚えている。

作者は昭和十二年に立命館大学専門学部文学科の教授となり、近代短歌史を教えていた。つまり、若い大学生を相手に講義をする立場にあったのだ。だからこそ、同じ年頃の女性が戦死し、あるいは捕虜となっている姿を見て、胸を痛めたのであろう。

歌集『山西前線《さんしいせんせん》』にはこうした戦場の生々しい光景が数多く活写されている。短歌史に残る一冊と言って良い。しかし、この歌集は作者の運命を大きく変えることにもなった。戦後、立命館大学の学内審査会において、〈東亜の民族ここに闘へりふたたびかかる戦《いくさ》なからしめ〉という歌が「所謂《いわゆる》支那事変は、東亜に再び戦なからしむる聖戦であるとの意味をもつ一首である」と問題視され、昭和二十一年には「教職不適格」の決定を受けて大学を辞職することになったのである。A級戦犯として後に死刑となる板垣征四郎[*]が歌集の序文を書いていたこともマイナスに働いたのかもしれない。歌集の評価も作者の人生も時代の移り変わりの影響を大きく受けることになったのだ。

＊板垣征四郎──一八八五〜一九四八。陸軍大将。関東軍参謀長、陸軍大臣などを務めた。満州事変においては主導的役割を果たした。

35

かうもたやすく戦争といふ言葉が口にされるモップの心理をおそれる

【出典】西村陽吉『緑の旗』

こんなにも簡単に戦争という言葉が口にのぼるようになる集団の心理というものが怖い。

作者は*口語短歌運動に参加した歌人であり、都市生活者の感慨を多くの歌に残している。第一歌集『都市生活者』では石川啄木のような三行書きのスタイルを用いていた。第六歌集『緑の旗』は昭和六年から十三年までの作品を収めており、満州事変、二・二六事件、日中戦争といった時代の影響の濃い内容となっている。

「モップ」というのは耳慣れない言葉であるが、「この衝突のときモップが

西村陽吉（一八九二～一九五九）は東《しの》雲堂《のめどう》書店の経営者として、雑誌「創作」や啄木の歌集『一握の砂』『悲しき玩具』、若山牧水の『別離』などを刊行。

*口語短歌運動―日常の話し言葉に近い口語体を用いようとする運動。明治期の言

ついて焼打ちをやり」（「宮本百合子日記」昭和四年五月二日）といった用例を踏まえて考えると、英語のmobであり、「群衆」「大衆」を表していることがわかる。現在ではモブと書かれることが多い単語だ。「戦争」という言葉が日常的に使われるようになってきたことに対する危惧と、愛国的な雰囲気に流されやすい大衆心理の危うさを詠んだ一首である。

口語自由律*で詠まれており、7・7・7・7・8の三十六音という感じになっている。他にも〈わたしのあたまのなかになんにもあたらしいものがなくなつたとおもふとき家へかへる〉〈これがほんたうのくらしだとおもはれないくらしのなかで　ああもう私の老がみえる〉といった歌が収められていて、口語短歌の成熟が見られる。

大正末から昭和の初めにかけて、プロレタリア短歌*とモダニズム短歌*という二つの流れを中心として口語短歌運動は大きな広がりを見せ、前田夕暮*など文語定型の歌人の中にも口語自由律の歌を詠む者が現れた。けれども、口語と定型の技術的な問題をうまく乗り越えられず散文化してしまったり、また軍国主義的な時代の流れが強まったこともあって運動は急速にしぼんでいったのである。

文一致運動の影響を受けて短歌でも盛んになった。

*自由律――五・七・五・七・七の定型律にとらわれない形の短歌。

*プロレタリア短歌――労働者としての階級意識に基づく短歌。

*モダニズム短歌――既成の短歌を否定して、表現主義的な改革を目指す短歌。

*前田夕暮――46ページの脚注参照。

36

遺棄死体数百《すうひやく》といひ数千《すうせん》といふいのちをふたつもちしものなし

【出典】土岐善麿『六月』

戦場に遺棄された死体の数が数百とも数千とも報じられている。二つとない命であったというのに。

「遺棄死体」とは回収されることなく戦場に残される兵の死体である。命という掛け替えのないものが無残に放置されている現実に対して、悲しみと憤《いきどお》りを詠んだ歌である。

この歌は昭和十五年十一月号の「潮音」*で桐谷侃三（ペンネーム）という人物が作者を批判する際に取り上げた一首としてもよく知られている。桐谷はこの歌を引いて「二つとない勿体《もつたい》ない命をかくも多数屠《ほふ》つたかといふことに

土岐善麿（一八八五～一九八〇）は歌人、国文学者。若い頃は哀果という号を用い、石川啄木と親交があった。ローマ字運動に関わり、戦後は国語審議会の会長を務めた。

*潮音―大正4年に太田水穂により創刊された短歌結社

誌。

なる。これは皇軍への軽視であり愛敵思想でなくて何であらう」と書き、日本軍の残虐性を非難した内容と読んで問題視したのであった。一方で、現代においては、この歌にヒューマニズムや反戦思想を読み取って評価する人も多い。はたして作者の意図はどこにあったのだろうか。

三枝昂之《さいぐさたかゆき》著『昭和短歌の精神史』は、当時の新聞記事などをもとに、「中国軍兵士の遺棄死体は、日中戦争を通じて日本軍を悩ませた」という事実をまず明らかにし、「表現が伝えるのは数百数千という多数の兵士を遺棄することへの憤りである」と記す。つまり日本軍の話ではなくて、中国軍に対する憤りがあるということだ。この基本を押さえておく必要があるだろう。

確かに「遺棄死体」という言葉は当時の短歌にもよく出てくる言葉で、〈遺棄したる死体数千といふ支那は戦死を如何に取扱ふならむ〉（竹尾忠吉「アララギ」昭和十二年十一月号）といった例を見つけることができる。

それを踏まえた上で、土岐の歌を竹尾の歌と比べた場合、中国軍に対する一方的な批判にとどまらず、命の重さへの視点が含まれていることに気が付く。その表現の違いがあるからこそ、時代を超えてこの歌は様々な議論を生んできたのであろう。

37

兵匪《へいひ》討伐に十人を斬りしといふ兵はウヰスキーを嘗《な》めて誰よりやさしげ

【出典】吉植庄亮『大陸巡遊吟』

賊徒化した敵兵の討伐で十人を斬ったという兵は、ウイスキーを嘗めるように飲んで誰よりも優しげな顔をしている。

吉植庄亮《よしうえしょうりょう》（一八八四〜一九五八）は歌人、衆議院議員。金子薫園に師事し、「橄欖《かんらん》」を創刊。印旛沼《いんばぬま》の開墾に功績を残した。

作者は昭和十三年五月十九日から約一ヵ月間、中国北部、モンゴル、満州の各地をめぐった。歌集『大陸巡遊吟』には、その際の歌五百首あまりが収められている。

この歌は、「綏遠《スイエン》を出でて間もなくであつた」という詞書が付いた六首のうちの一首である。〈ふるさとの言葉なまりのまる出しの兵と乗り合はせ名乗りよろこぶ〉という歌があり、列車の中で同郷の兵士らと出会って話をしたことがわかる。綏遠は現在の中国の内モンゴル自治区の省都フフホト市のことである。

食堂車で食事をともにしたようで、〈蒙古《もうこ》のただ中にしてウヰスキーを洋食を夢のごとしと言ふは心にひびく〉という歌があり、戦地での厳しい食生活が思われる。ウイスキーを飲むのも久しぶりなのだろう。「嘗めて」という語に大事そうに少しずつ飲んでいる感じがよく出ている。

「兵匪《へいひ》」とは賊徒化した兵士たちのことで、満州など各地に跋扈《ばっこ》していた。武装した兵匪の鎮圧には日本軍も苦労しており、そうした敵を十人も斬ったと自慢気に話しているのだろう。昭和十二年の南京戦*においては「百人斬り」が新聞で話題になったことがあり、こうした自慢話は当時の一つの典型でもあったのだ。戦場では勇猛果敢な人物が、普段は「誰よりやさしげ」であることが印象に残ったのだろう。

作者が大陸で感じたのは、こうした戦争の話ばかりではない。「無限の土の拡《ひろ》がりと、言語に絶した雲と空との神秘的な美しさと、東洋文化の、建築の三千年の夢と香気とに、揺り動かされた」とあとがきに記しているように、中国大陸の奥深さと魅力に触れる旅でもあったのである。

＊南京戦──日中戦争における戦闘の一つで、当時の中華民国の首都南京をめぐり日中両軍の間で行われた。

38

ホロンバイルの白夜《はくや》の原に流れなして戦車の群《ぐん》は移動しあらむか

【出典】木俣修『高志《こし》』

白夜のホロンバイルの草原に流れをなすようにして戦車の群は移動しているところであろうか。

「ホロンバイル」と題する四首のうちの一首で、昭和十四年に起きたノモンハン事件*を詠んだ歌である。映像的に非常に美しく詠まれていて、「戦車」という言葉がなければ戦争の歌という感じがしない。「ホロンバイル」という音の響きやカタカナ表記、さらには「流れ」という表現にも、どこか現実世界ではないような幻想的な雰囲気がある。夢の中の風景を見ているようにも感じられる。三句「流れなして」が一音字あまりとなっているのも効果的

木俣修（一九〇六〜一九八三）は北原白秋に師事して「多摩」創刊に参加。戦後は結社「形成」を主宰した。

*ノモンハン事件―満州（中国東北部）の北西、モンゴルとの国境近くのノモンハンで起きた日ソ両軍の戦闘。

である。
ホロンバイル（フルンボイル）は中国の内モンゴル自治区の行政区域で、当時は満州国の領土であった。名前はフルン湖とボイル湖にちなんで付けられている。この草原地帯において満州国軍とモンゴル軍の国境紛争が起こり、それに日本軍とソ連軍がそれぞれ加勢する形で大規模な軍事衝突が勃発したのであった。

一連には〈帰還せぬ我が一機ありと言ふ声の顫ひたりしか夜半《よは》のラジオに〉という歌もあり、ラジオが伝える情報をもとに詠まれた歌であることがわかる。夜になっても明るさが残る草原を、目的地に向って進撃する戦車の車列を想像した内容だ。

ノモンハンでは航空戦と地上戦が行われ、航空戦において日本軍は優位に立ったが、地上戦においては戦車や自走砲などの装甲車両を多数装備したソ連の機械化部隊の前に劣勢を強いられた。当初日本側が目的としていたモンゴルと満州国の国境線の変更を実現することはできず、ソ連の戦闘力を目《ま》の当《あ》たりにして北進論*から南進論*へと転換する一つのきっかけになったと言われている。

日本軍が敗北した。

＊北進論――日本の北方地域（ソ連など）へ進出・侵攻すべきという論。

＊南進論――日本の南方地域（東南アジアなど）へ進出・侵攻すべきという論。

39 蘇聯機（それんき）の爆弾痕は小沼なしいづくより来し蟇《ひき》一つゐき

【出典】八木沼丈夫『遺稿　八木沼丈夫歌集』

ソビエト連邦軍の飛行機が投下した爆弾の跡は小さな沼をなしていて、どこから来たのか蟇蛙《ひきがえる》が一匹棲《す》んでいた。

八木沼丈夫（一八九五〜一九四四）は、満州日日新聞哈爾濱《ハルビン》支局長や満鉄情報課弘報主任などを歴任し、「満州短歌」を創刊。

昭和十四年の「ノモンハン」と題する一連十七首にある歌。一連の最初に「八月八日」という日付が記されている。他には〈雲散らふ蒼窿《そら》と寄り合ひはてしらにひろごりわたる夏野高原〉〈二瘤駱駝《ふたこぶらくだ》のひと連りはおのおのに口うごかして吾に近づく〉といった歌がある。青空の広がる夏の高原と駱駝がのんびりと歩いている場面である。

作者は大正六年に中国大陸に渡って以降、大陸で長く活動した人物で、昭和五年に斎藤茂吉*が満州を旅行した際にも随行して各地を案内している。日本の大陸政策を担《にな》った関東軍の宣撫官《*せんぶかん》として活動し、昭和十四年八月には関東軍の命によりノモンハンに従軍している。中国語やロシア語に堪能《たんのう》であり、優秀な人材であったらしい。

この年の五月に満州国とモンゴルとの国境付近で日本軍とソ連軍の軍事衝突があり、広大な草原地帯で互いに戦車などの機甲部隊同士が戦うことになった。この戦闘には両軍の航空機も投入され、戦闘機による戦いも激しかった。ソ連の爆撃機による日本軍陣地への爆撃も行われ、高速双発爆撃機ツポレフSB‐2や四発爆撃機ツポレフTBによる攻撃に、日本軍は相当に悩まされたのである。

掲出歌はこうしたソ連の爆撃機が落した爆弾の跡を詠んだもの。爆発でできた穴に雨水が溜《た》まり、草原に小さな沼を作っている光景である。そこにどこからやって来て棲《す》みついたのか、蟇蛙の姿がある。何とものどかであるが、そこにかつての激しい戦闘の様子を思い描いてもいるのだろう。この後、八月二十日には再び両軍の間で戦闘が勃発し、ソ連軍の優勢のうちに九月の休戦を迎えることになる。

*斎藤茂吉――38ページの脚注参照。
*宣撫官――占領地の住民に占領軍の政策を知らせ、人心を安定させることを任務とする軍属。

40

泥濘に小休止するわが一隊すでに生きものの感じにあらず

【出典】宮柊二『山西省』

泥濘地帯に一休みする私たちの一隊は既に生きものの感じがしなくなっている。

宮柊二《しゅうじ》（一九一二～一九八六）は北原白秋に師事。戦後「コスモス」を創刊・主宰。歌集に『多く夜の歌』『獨石馬』など。

「中条山脈」と題する連作の一首で、最初に「山西省の南、陝西河南の省境に接して黄河の流れの東北を占め、蜿蜒《ゑんゑん》する山脈を中条山脈と言ふ。かの大行山脈の一翼なり。中原会戦にここを戦場とせり。」との詞書がある。

中原会戦は、昭和十六年五月から六月にかけて行われた日本軍と中国軍の戦闘である。行軍の途中、足場の悪いぬかるみの中で束の間の休憩を取る自分たちの一隊を「すでに生きものの感じにあらず」と表現しているところに注目する。おそらく見た目も泥にまみれて汚《よご》れていたであろうし、肉体的にも精神的にも疲労困憊《ひろうこんぱい》して理性や判断力が著しく低下していたのであろう。そんなふうに、人間はおろか生き物でさえなく、まるで物と化してしまったかのような一群であったのだ。おそらく声も出せず、死んでしまったように疲れているのである。

一連の前後には〈この一線抜き取れとこそ命下る第一線中隊第二中隊永久《ながひさ》隊《たい》〉〈麦の秀《ほ》を射ち薙《な》ぎて弾丸《たま》の来《く》るがゆゑ汗ながしつつ我等匐《は》ひゆく〉といった生々しい歌がある。他にも「強行渡河」「汗あへて」「風まじり雨つのり来ぬ」といった表現があり、濡れて泥まみれになりながらの戦いであったようだ。そんな過酷な状況においては、生きていることと死んでいることは紙一重の差に過ぎない。

初出の「多摩[*]」昭和十七年四月号では〈泥濘に小休止する一隊がすでに生きものの感じにあらず〉とある。歌集に収める際に三句目の「一隊が」を「わが一隊」に変えたのだ。「一隊が」だと第三者的に見ているだけの歌にも読めるので、自分もその一員であることをはっきりさせたのだろう。そうすることで歌の臨場感が確実に増しているのである。

*多摩――昭和10年に北原白秋により創刊された短歌結社誌。昭和27年終刊。

41

防水区劃幾つか越えて主計兵握り飯《いひ》運び来《く》汗に濡れつつ

【出典】佐藤完一「アララギ」昭和一七年二月号

防水用に船体を区切る仕切りを幾つか通って、主計兵が汗まみれになりながら握り飯を運んで来る。

「ハワイ戦前後」という詞書の付いた十一首のうちの一首。作者名は「南太平洋　佐藤完一」となっている。昭和十六年十二月八日の真珠湾攻撃に参加した作者の歌が、結社誌「アララギ」の翌年二月号に載っているのである。巻末の土屋文明*の編輯《へんしゅう》所便には、「本号には特に大東亜戦争の新作戦に奮戦力闘された佐藤、田中両氏の作を発表することの出来たのは、会員一同と共に深く感銘する次第である」と記されている。

佐藤完一（一八九七〜一九四二）は海軍軍人。巡洋艦「生駒」、戦艦「山城」、空母「蒼龍」などに乗務。童話作家佐藤さとるの父。

＊土屋文明—92ページの脚注参照。

作者は空母「蒼龍《そうりゅう》」に乗務する機関特務大尉であった。特務士官というのは、兵学校出身ではないノンキャリアの士官のことで、言わば現場の叩《たた》き上《あ》げである。彼がいるのは巨大な空母の船体の中でも、飛行甲板や飛行機の格納庫、さらに乗員の居住区の下にある配電室であり、水深二一・八メートルにも達する場所であった。

一連には〈防水区劃今は全し我が部署に空気の通ふ孔二つだけ〉〈戦闘部署に非直の兵を寝かしめて乏しくなりし水飲み下す〉〈主計科の心づくしの赤飯を食ひ終りたり午前一時十五分〉といった歌がある。

船は敵の攻撃を受けて一部が浸水したとしても沈まないように、いくつもの防水区画で区切られており、それぞれの区画が密室となっている。その中に閉じ込められながら、緊迫した戦闘の時間を過ごすのである。主計兵とは経理、被服、烹炊《ほうすい》を担当する兵で、赤飯や握り飯を各部署へと運んで来る役目も担っていた。

真珠湾攻撃は成功のうちに終わり、作者は無事に日本へと帰還した。けれども翌昭和十七年六月五日のミッドウェー海戦において、「蒼龍」は沈没。佐藤完一も四十五歳で戦死している。

＊蒼龍―昭和12年竣工の中型空母。

＊ミッドウェー海戦―中部太平洋のミッドウェー島の攻略を目指す日本海軍とアメリカ海軍の戦闘。日本軍は空母四隻と艦載機多数を失う敗北を喫した。

42

開戦のニュース短くをはりたり大地きびしく霜おりにけり

【出典】松田常憲『凍天』

開戦を告げるニュースは短く終った。大地には冷え冷えとした霜が降りていることだ。

歌集『凍天』の巻頭歌。昭和十六年十二月八日の太平洋戦争*開戦を詠んだ歌である。開戦は八日朝のラジオの臨時ニュースで国民に告げられた。「大本営陸海軍部、十二月八日午前六時発表。帝国陸海軍は、本八日未明、西太平洋に於《お》いて、アメリカ・イギリス軍と戦闘状態に入れり」という内容である。そのニュースを聞いた作者の厳粛《げんしゅく》な思いが「大地きびしく霜おりにけり」に表れている。

松田常憲《つねのり》（一八九五～一九五八）は尾上柴舟門下の歌人で、「水甕」を編集・主宰する。歌人春日真木子の父。

*太平洋戦争―太平洋・東南アジアにおける日本とアメリカなど連合国との戦争。第二次世界大戦の一部。

巻末記には「昭和十六年十二月八日は霜冴《しもさ》ゆる朝であつた。宣戦の詔書《せうしよ》が渙発《かんぱつ》せらるるや、一億国民は云はずもあれ、岩木も共に感泣した」とある。長期化し泥沼化した日中戦争の閉塞感を打開するものとして、アメリカ・イギリスとの開戦を喜ぶ国民も多かった。その一方で、厳しい戦いになるという覚悟も嚙《か》み締《し》めていたのであろう。

『凍天』には昭和十六年から十八年にかけての歌四四七首が収められているが、太平洋戦争開戦の歌が巻頭にあり、「宣戦以前」の昭和十六年の歌は巻末に配置されている。それだけ、開戦を区切りにして大きく意識が変ったということだろう。「布哇《ハワイ》海戦」「香港《ホンコン》降伏」「マニラ陥落迫る」「レキシントン撃沈」「アリユーシヤン列島猛襲」など、戦争詠が多い。

戦争詠の難しさについて作者は「大東亜戦争*短歌に佳作が若《も》しも少いとしたら、表現の技倆《ぎりやう》の問題より作品以前に思を致すべきではあるまいか」「予備智識もなく、日頃呆然《ぼうぜん》と手を拱《こまね》いてゐては、その作品が単なるポスターの文句か、新聞の見出しにも及ばぬものとなるのは余りに必然なことである」と書き、自らを戒《いまし》めている。戦争をどのように詠むかについての作者の意識は、現在の時事詠や社会詠の問題ともつながるものである。

＊大東亜戦争—太平洋戦争の当時の呼称。

43

敵なかに天《そら》ゆ降《お》りたちし兵みればしろたへの布うしろに引けり

【出典】佐藤佐太郎『しろたへ』

敵の中に空から降り立った兵を見ればパラシュートの白い布を後ろに引いている。

佐藤佐太郎（一九〇九～一九八七）は岩波書店に勤め、「アララギ」で斎藤茂吉に師事。昭和二十年に「歩道」を創刊・主宰。

太平洋戦争開戦の目的の一つは南方の資源の獲得であった。スマトラ島のパレンバンはオランダ領インドネシアにおける最大の油田地帯であり、日本軍の最重要攻略目標であった。けれども内陸部に位置するため、日本の部隊が到着するまでに油田施設を破壊される恐れがあり、空からの奇襲を行うことになったのである。

昭和十七年二月十四日、挺身《ていしん》部隊（落下傘《らっかさん》部隊）三二九名が輸送機からパラシュートを使って降下し、パレンバンを占領した。この作戦のことは、翌十五日の大本営*発表によって国内にも知らされ、「空の神兵」として大きな話題となった。四月にはビクターレコードから作詞梅木三郎、作曲高木東六で軍歌「空の神兵」が発売されたほか、九月には監督・脚本渡辺義実による映画「空の神兵」が公開されている。

佐太郎の歌は「落下傘部隊」という詞書が付された二首のうちの一首。記録映画などを見て詠んだものであろう。軍歌においては「藍より蒼《あを》き大空に大空に／忽《たちま》ち開く百千の／真白き薔薇《ばら》の花模様」と歌われているが、佐太郎は「しろたへの布」という美しい表現でパラシュートのことを詠んでいる。青空に映える白の色彩が印象的であったことがわかる。歌集のタイトルもこの一首から採られたものだろう。

戦争詠について作者は『しろたへ』の後記に「山川草木を歌ふのは、子規以来の伝統によつて耕された圃苑であるから、私といへども培養の功を見難くはないが、戦ひの歌は難しい。ひとり新しい耕墾であるばかりでなく、烈々の主観と縦横の技巧とがなければ、ただの累々たる概念と類型に終らうとする傾きがあるからである」と、その難しさを記している。

*大本営―日清戦争から太平洋戦争にかけて、戦時中に設置された日本軍の最高統帥機関。

44

熱田島につめたき雨のすでに降りて守備する兵がぬれたまふなる

【出典】斎藤史『朱天』

アッツ島にはもう冷たい雨が降っていて守備隊の兵たちがお濡れになっている。

「防人《さきもり》を偲びて」八首の最初の歌で「九月といふに」という後注が付いている。「熱田島」は北太平洋にあるアッツ島のことである。

昭和十七年六月、日本軍はミッドウェー海戦にあわせてアリューシャン列島[*]にあるアメリカ領のアッツ島とキスカ島を占領し、それぞれ「熱田島」「鳴神島」と名付けた。

アッツ島は海洋性気候帯に属しており、一年を通じて晴天が少なく、霧の

斎藤史《ふみ》（一九〇九～二〇〇二）は歌人斎藤瀏の娘。父や友人が二・二六事件に関わる。「短歌人」創刊に参加。昭和37年に「原型」を創刊。

＊アリューシャン列島―アメリカのアラスカ半島からロシアのカムチャツカ半島に

多いことで知られている。一連には〈カメラに向き物食ひさして笑ひたりややはにかめる若き兵の顔〉という歌もあり、映像を通して作者は現地の様子を知ったことがわかる。秋から初冬にかけては特に雨が降ることが多く、この歌の詠まれた九月にも既に雨が降っていたようだ。

島の名前の「熱田」と「つめたき雨」が言葉の上で対比のようになっている点に注目したい。もちろん、「熱田」はアッツという音と熱田神宮*から命名されたもので、実際に熱いわけではない。八月の平均最高気温が約十三度と、むしろ寒い島である。

一連には〈防寒帽の凍る毛皮につららしてみ冬はすでにきびしかるらし〉という歌もある。帽子の毛皮が濡れてそれが凍ってつららになるほどの厳しい寒さである。そんな中で雨に濡れている若い兵の姿。日本を遠く離れた孤島に赴任《ふにん》して守りに付いている日本兵を思う気持ちが滲《にじ》む。

これらの歌が詠まれた八ヵ月後、昭和十八年五月十二日にアメリカ軍がアッツ島に上陸。十七日間にわたる戦闘の末に、日本軍の守備隊は玉砕《ぎょくさい》を遂《と》げ、戦死者は二六三八名にのぼった。冷たい雨に濡れる守備兵を詠んだ歌は、彼らのその後を暗示しているようにも感じられる。

かけて弧状に連なる島々。

＊熱田神宮―愛知県名古屋市にある神社。三種の神器の一つ草薙剣を祀る。

45

石しろき中国戦歿将士《ちゆうごくせんぼつしやうし》の墳《つか》草には咲ける撫子《なでしこ》の花

白い石の中国軍の戦没兵士の墓がある。そこに撫子の花が咲いていることだ。

【出典】土屋文明『韮菁集《かいせい》』

昭和十九年七月、土屋文明は陸軍省報道部臨時嘱託として中国大陸に渡り、俳人の*加藤楸邨《しゅうそん》、歌人の*石川信雄（信夫）とともに各地をめぐった。〈馬《うま》と驢《ろ》と騾《ら》との別《わかち》を聞き知りて驢来り騾来り馬《ま》来り騾と驢と来る〉〈ただの野も列車止まれば人間《にんげん》あり人間あれば必ず食ふ物を売る〉〈箱舟《はこぶね》に袋も豚も投げ入れて落ちたる豚は黄河を泳《およ》ぐ〉など、中国大陸の広さや民衆の活力に注目した作品を多く残している。

土屋文明（一八九〇～一九九〇）は歌人、国文学者。伊藤左千夫に師事し、「アララギ」の中心的な存在となる。『万葉集』の研究でも知られる。

*加藤楸邨――一九〇五～一九九三。俳人、国文学者。水原秋桜子に師事。昭和15年

掲出歌は「南京雨花台戦闘指揮所跡」という一連にある。文明が中国を訪れる七年前の昭和十二年十二月に日本軍は南京を攻撃し、激しい戦闘の末に占領したが、その際に中国軍の戦闘指揮所が置かれていた場所である。今ではのどかに草の中に撫子の花が咲いている。白い石でできた墓と可愛《かわい》らしい撫子の取り合わせが印象的だ。日本兵ではなく中国兵を追悼するものであるところにも注意しておきたい。敵国の戦没者に対しても、やはり畏敬《いけい》の念を覚えたのだろう。

文明の旅は北京、大同、雲崗、開封、南京、蘇州、上海、広州、天津などを五ヵ月にわたってめぐるものであった。時に空襲警報があったり、サイパン・テニアンの玉砕のニュースが伝わったり、奥地の漢口へは安全性の問題で行けなかったりと、戦争の情勢を反映する部分もあるのだが、概《おおむ》ねのどかな様子で大陸の風景や人々の姿を描いている。

雨花台は中国の長い歴史において幾度も戦いの舞台となった場所でもあった。一連には石頭城遺跡*を見学した際の〈呉王夫差《ごわうふさ》の古《いにしへ》の跡清涼寺《せいりやうじ》石頭城《せきとうじやう》ただ現前《げんぜん》の大きなる平《たひら》ぎ〉という歌もある。現前の日中戦争のことだけでなく、中国の長い歴史に作者が思いを馳せている様子がよく伝わってくる。

「寒雷」を創刊・主宰。

*石川信雄—一九〇八〜一九六四。歌人、翻訳家。「エスプリ」「日本歌人」などで新芸術派として活躍。昭和11年に歌集『シネマ』刊行。

*石頭城遺跡—後漢末に孫権により築かれた城塁。春秋戦国時代以降たびたび軍事的要衝となった。

46

生きてあらば彩帆島にこの月を眺めてかゐむ戦ひのひまに

【出典】半田良平『幸木《こうぼく》』

もし生きているならばサイパン島にこの月を眺めもしているだろう、戦闘の間に。

昭和十九年の「信三を偲ぶ」という九首の連作の一首。一連の初めに「七月一日は陰暦五月十一日に当り朧《おぼろ》なる夕月空にありき」との詞書がある。「彩帆島」はサイパン島のこと。作者の三男信三は昭和十八年八月に出征し、十九年三月からはサイパン島の守備に付いていた。絶対国防圏*として本土防衛上重要視されていたサイパンであるが、六月十五日にアメリカ軍が上陸し、激しい戦闘の末、七月九日に日本軍守備隊は玉砕している。戦死者は約三万

半田良平（一八八七〜一九四五）は窪《くぼ》田空穂《たうつぼ》に師事して「国民文学」の創刊に参加。歌集『幸木』で芸術院賞を受賞。

＊絶対国防圏―太平洋戦争において劣勢に立たされた日本軍が戦争遂行のために必要不可欠と定めた領域。

人であった。

　サイパンの戦いの様子は国内でも随時伝えられており、夕空にかかる月を見上げながら、生死のわからぬ息子に思いを馳せているのである。「生きてあらば」（もし生きているならば）と初句にあるので、その可能性が小さいことを既に覚悟していたのであろう。

　作者には宏一、克二、信三という三名の息子がいたが、昭和十七年に次男克二が、十八年には長男宏一が病死しており、信三はたった一人残された息子であった。それだけに信三を思う気持ちには痛切なものがあったのだ。〈若きらが親に先立《さきだ》ち去《い》ぬる世を幾世し積まば国は栄えむ〉（若者が親より先に死ぬ時代をどれだけ繰り返したら国は栄えるのだろうか）といった悲痛な歌も詠まれている。

　サイパン島の玉砕が伝えられた後も諦めきれなかったのだろう。昭和二十年にも〈サイパンに生き残れりと思はねば今宵は繁《しじ》に吾子しぬばゆ〉と詠んでいる。まさか生き残っているとは思っていないと言いつつも、万が一の可能性にかける親心である。昭和十九年の十月からは作者自身も病床にあり、二十年五月、戦争の終わりを見ることなく肋膜炎《ろくまくえん》により亡くなった。

47

照らされてB二十九は海にのがれ高きホームに省線を待つ

【出典】近藤芳美『早春歌』

探照灯《たんしょうとう》に照らされてB29爆撃機は海の方へと逃れて行き、私は高いプラットホームで省線電車が来るのを待っている。

昭和十九年にサイパンが陥落《かんらく》すると、アメリカ軍はそこに飛行場を建設し、昭和二十年から日本本土への空襲を本格化させた。B29は全長三〇・二メートル、航続距離六六〇〇キロ、最大爆弾搭載量九トン、乗員一〇名の大型長距離爆撃機である。

歌集の後記には「幾度か、空襲に奇蹟《きせき》的に助かつた。暗い時期であつた。爆音を聞くと二人黙つて起きて壕《がう》に入つた」と、日常的に空襲があった様子

近藤芳美（一九一三〜二〇〇六）は歌人、建築家。「アララギ」で中村憲吉、土屋文明に師事。戦後、「未来」を創刊。現代歌人協会理事長。朝日歌壇選者。

が記されている。

当時、清水組*（後の清水建設）の設計部で働いていた作者は、夜の高架駅《こうかえき》でB29の姿を目撃している。初句「照らされて」という受身の動詞による入り方や三句「海にのがれ」の字余《じあま》りがゆったりとしたリズムを生み出し、全体に美しさを感じさせる歌となっている。

自歌自註には「都市空襲の前に数日繰り返される偵察飛行なのか。それが高射砲*陣地の照らし出す探照灯の光芒《こうぼう》の交差の中に捕えられ、虚空《こくう》の夜闇に銀色に輝きながら、こともなく東京湾の沖の彼方《かなた》に逃れ去っていくのを高架線のプラットホームに立って見送った」（『歌い来しかた』）とある。

B29は高度約一万メートルで飛行することができ、日本軍の高射砲の有効射程距離の届かないところからの爆撃が可能であった。だから、探照灯で照らし出したところで、迎撃《げいげき》のための有効な手段はあまりない。「こともなく」に敵機のその余裕ある様子が読み取れるだろう。

悠々《ゆうゆう》と逃げて行く機体を見送りつつ、作者はどんな思いを抱いたのか。戦争の悲惨さや命の危険とは別に、設計に携わる一技術者として、機体の性能や美しさ、高い技術力に対する憧れもあったように感じられる。

*清水組――一八〇四年に清水喜助が創業。大正4年に合資会社、昭和12年に株式会社となった。

*高射砲――地上から飛行機を攻撃するために用いる火砲。

48

明礬の洞窟に臥して十日をすぎわが体臭をいとふなりけり

折口春洋『鵠《たづ》が音《ね》』（中公文庫版）

明礬《みょうばん》の臭う洞窟の中に寝泊まりして十日が過ぎ、自分の体臭が嫌になってしまった。

昭和十九年七月、作者の乗った船は硫黄島に着いた。本土から南へ約千百キロ、小笠原諸島《おがさわらしょとう》の南端に位置する火山島である。島のあちこちから火山性のガスが噴出し、随所に硫黄の堆積物が露出しており、それが島の名前の由来となっている。明礬*はそのような火山地帯で多く産出する。

硫黄島*は昭和二十年二月十九日から三月十七日にかけて、上陸するアメリカ軍と日本軍守備隊との間で激しい戦闘が行われたことで知られている。日

折口春洋《はるみ》（一九〇七～一九四五）は歌人、国文学者。折口信夫に師事。國學院大学教授。

＊明礬―硫酸アルミニウムと硫酸カリウムが結合したカリウムミョウバンなどの化合物の総称。

本軍は事前に全長二十キロ以上にも及ぶ坑道を掘り、洞窟陣地を構築して激しい抵抗を見せたのであった。

作者は独立機関銃第二大隊第一中隊所属の小隊長、陸軍中尉であった。彼が硫黄島で詠んだ歌は、師でありまた養子縁組をした父でもある折口信夫《おりくちしのぶ》（釈迢空《しやくちようくう》）宛の手紙に残されている。手紙には「水にめぐまれぬといふことは、人間何より苦しいことだとこんどこそ身にしみてゐます」（昭和十九年九月頃）、「夕方兵が汲《く》みあげて来てくれる磯《いそ》のいづる湯の温みに身をすゝぐのが何よりのたのしみです」（昭和十九年十月下旬）などと記されている。

掲出歌は昭和十九年十二月中旬着の封書に記された二十首のうちの一首。洞窟陣地にこもって硫黄の独特の臭いが身体に染《し》み付《つ》いている様子を詠んでいる。何とも生々しい歌だ。入浴など望むべくもない過酷な環境で、ひたすら敵を待ち続けているのである。

翌年の二月十八日にアメリカ軍が上陸。春洋の所属する大隊は二八八名のうち実に二八七名が戦死した。歌集の年譜には「詳細な死所及びその月日を知ることは出来ない。米国軍隊のはじめて、島に接近した日を以て、命日と定めることにした。二月十七日である」とある。三十八歳であった。

＊硫黄島―東京都小笠原村に属する島で東西約八キロ、南北約四キロ。「いおうじま」と呼ばれることが多いが正しくは「いおうとう」。

49

大き骨は先生ならむそのそばに小さきあたまの骨あつまれり

【出典】正田篠枝『さんげ』

大きな骨は先生であろう。その傍《そば》に小さい頭の骨が集まっている。

正田篠枝《しょうだしのえ》（一九一〇〜一九六五）は歌人、平和運動家。杉浦翠子に師事。「原水爆禁止広島母の会」を結成して活動した。

昭和二十年八月六日、作者は広島市平野町の自宅にいて原爆に遭《あ》った。爆心地から約一・七キロの距離である。掲出歌は原爆投下後の広島で目にした光景で、一人の大人を中心にして寄り添うように亡くなっている子どもたちの骨である。それを見て、おそらくは先生と児童たちであったのだろうと想像しているのである。「あつまれり」が、子どもたちの死《し》に際《ぎわ》を想像させて何とも悲しい。

作者は戦前から「香蘭」「短歌至上主義」などに短歌を投稿していたが、昭和二十一年に杉浦翠子《すいこ》＊主宰の歌誌「不死鳥」に「唉！原子爆弾」と題する三十九首を発表する。さらに翌二十二年十月には、原爆に関する短歌百首を収めた私家版歌集『さんげ』を秘密出版した。発行部数は百五十部である。

当時はGHQにより三十項目にも及ぶプレスコード＊が制定され、出版物等の検閲が行われていた。GHQに対する批判や原爆に関する記事などは発禁処分の対象となっていたため、極秘に出版されたのである。昭和三十七年に「さんげ」を収めた『耳鳴り―被爆歌人の手記』を刊行した際に、作者は「GHQの検閲が厳しく、見つかりましたら必ず死刑になるといわれました。死刑になってもよいという決心で、身内の者が止めるのに、やむにやまれぬ気持ちで、秘密出版しました」と、『さんげ』出版時の覚悟を記している。

昭和四十六年に広島平和記念公園内に「原爆犠牲国民学校教師と子どもの碑」と題する像が建立《こんりゅう》されたが、その台座にはこの歌が刻まれている。台座の歌は『耳鳴り』に収められた形で、初句が「大き骨は」ではなく「太き骨は」となっている。正田自身はその像を見ることはなく、昭和四十年に原爆後遺症の乳癌《にゅうがん》のために五十四歳の生涯を閉じた。

＊杉浦翠子―一八八五～一九六〇。歌人。大正5年「アララギ」入会。昭和8年に「短歌至上主義」を創刊・主宰。夫はグラフィックデザイナーの杉浦非水。

＊プレスコード―昭和20年9月に連合国軍最高司令官総司令部（GHQ）が新聞・出版などを統制するために発した規則。

50

水のへに到《いた》り得し手をうち重ねいづれが先に死にし母と子

【出典】竹山広『とこしへの川』

水べりにたどり着くことができた手と手を重ね合わせて、この母と子のどちらが先に死んだのだろうか。

歌集冒頭の「悶絶《もんぜつ》の街」五十六首には「昭和二十年八月九日、長崎市、浦上第一病院に入院中、一四〇〇メートルを隔てた松山町上空にて原子爆弾*炸《さく》裂《れつ》す」との詞書がある。原爆投下後の長崎の惨状《さんじょう》を詠んだ一連である。

川べりに水を求めてやってきた母子なのだろう。手を重ね合わせるようにして亡くなっている死体である。その母と子のどちらが先に亡くなったのかと作者は考える。親にしてみれば子を残して先に死ぬのは辛いし、一方で先

竹山広（一九二〇〜二〇一〇）は「心の花」所属。長崎で被爆し、生涯にわたって原爆の歌を詠み続けた。歌集に『一脚の椅子』『射禱』など。

*原子爆弾―ウランやプルトニウムの核分裂反応による熱線や衝撃波を用いた爆

弾。

に子が逝《ゆ》くのを見るのも耐え難《がた》いことだ。

既に二人とも亡くなっているのであるから、どちらが先であったかを考えても仕方がないことではある。しかし、亡くなった人々の最後の姿を精一杯思い描くことによって、「死者約七万人」といった数字ではなく、一人一人の生身の姿が立ち上がってくるのである。

歌集には他にも〈背なか一面皮膚はがれきし少年が失はず穿《は》く新しき靴〉〈若き母なほ生きをりてその子ふたり一碗の粥奪ひあらそふ〉といった生々しい光景が詠まれている。重傷を負った少年の穿《は》いている真新しい靴、瀕死《ひんし》の母のもとで食べ物を争う二人の子。どれも一人一人の姿や表情がありありと見えてくる歌である。作者自身も原爆で義兄を亡くし、「原爆に生きのびた代償のやうにつきまとふ病魔と貧困に苦しみながら」（あとがき）の日々を送った。

作者が初めて原爆の歌を詠んだのは昭和三十年、歌集出版は昭和五十六年になってからのことである。それだけの時間を経て、ようやく歌にすることができたのだ。原爆に遭い、かろうじて生き延び、そして亡くなるまで原爆を詠み続けた歌人の、最初の一歩がここに記されている。

死を期《ご》して祖国を出でし　国防の兵なる彼等、その死《しに》のいかにありとも　今更に嘆くとはせじ。さあれ思ふ捕虜なる兵は　いにしへの奴隷にあらず、人外の者と見なして　労力の搾取をすなる　奴隷をば今に見むとは。彼等皆死せるにあらず　殺されて死にゆけるなり、家畜にも劣るさまもて　殺されて死にゆけるなり。嘆かずてあり得むやは。この中に吾子まじれり、むごきかな　あはれむごきかな　かはゆき吾子。

【出典】窪田空穂『冬木原』

死を覚悟して祖国を発った国防の兵である彼ら、その死がどのようなものであったとしても今さら嘆いたりはするまい。そうではあるけれど、思うのだ。捕虜となった兵たちは古代の奴隷ではないのに、人ではない者と見なして労力を搾取するのだという。奴隷というものを現代に見ることになろうとは。彼らはみんな死んだのではない、殺されて死んでいったのだ。家畜にも劣るありさまで殺されて死んでいったのだ。これを嘆かないでいられようか。その中に私の子も入っていた。むごいことだ。何とむごいことだろう、可愛い息子よ。

長歌「捕虜の死」は全五連から成っているが、その最後の一連である。昭和二十二年五月に詠まれたもので、息子の死を嘆き悲しむ慟哭《どうこく》の歌である。冒頭に長い詞書があって、その中に「兵として北支*派遣軍中にありし次男茂二郎、久しく消息を絶ち、生死すら不明にて過せるが、五月中旬、茂二郎が戦友の一人なりといふ米村英男君、はからずも我が家を訪はれ、茂二郎の消息を伝へらる」とある。戦後も復員することなく行方不明であった息子が、シベリアに抑留《よくりゅう》され昭和二十一年二月に発疹《はっしん》チフスで亡くなったという報《しら》せが届いたのであった。

作者が息子の死を嘆き悲しんでいるのはもちろんだが、それは単に亡くなった事実を嘆いているのではない。出征した時からその覚悟はできていた

窪田空穂（一八七七〜一九六七）は歌人、国文学者、早稲田大学教授。「国民文学」「槻の木」を創刊。息子の窪田章一郎も歌人。

*北支―中国北部地域。華北。

し、前年八月に中国からの最後の復員船が到着した際にも帰って来なかったことを受けて〈親ごころおろかしくして必や生きて還《かへ》ると頼みたりしを〉とも詠んでいる。諦めは付いていたのだろう。

そんな作者が憤っているのが、息子の死に方である。極寒のシベリアで満足な食事も与えられずに過酷な労働に駆《か》り出され、「家畜にも劣るさまもて」死んでいった子。それは想像するだけでも辛いことであった。

戦後、満州、樺太、千島にいた約六十万人の日本人がシベリアに抑留され、そのうち約六万人が亡くなっている。ネットに公開されている「シベリア抑留死亡者名簿」*には四万六千人以上の方の氏名・生年・階級・死亡年月日などが掲載されているが、それによると、窪田茂二郎は昭和二十一年二月四日にイルクーツク州のチェレンホーヴォで亡くなり、その東十三キロにあるフラムツォフカ村に埋葬されたことがわかる。二十七歳であった。

＊シベリア抑留死亡者名簿――村山常雄氏の「シベリア抑留死亡者名簿」の他に厚生労働省の「旧ソ連抑留中死亡者名簿」も公開されている。

解説　「戦争の歌が投げかけるもの」――松村正直

近代以降の日本の歴史を振り返れば明らかだが、日清・日露戦争から第二次世界大戦に至るまで、数多くの戦争があった。戦争に次ぐ戦争の歴史であったと言ってもいいだろう。近代短歌においても、戦争を詠んだ歌は大きな比重を占めていて無視することができない。そうした「戦争の歌」を考える際に直面する問題について、ここでは大きく三つに分けて考えてみたいと思う。

一　国家や天皇制との関わり

まず一つは和歌・短歌と国家や天皇制との関わりである。古典和歌の時代から、勅撰和歌集の編纂《へんさん》に代表されるように和歌は公的な性格を強く持っていた。明治以降の旧派和歌もまた宮中の御歌所を通じて皇室と深い関わりを持っていたことはよく知られている。

一方の新派和歌はどうであったか。個人の実感を重視してやがて「短歌」と呼ばれることになる流れもまた、明治以降の近代国家と無縁ではなかった。例えば正岡子規の「六たび歌よみに与ふる書」（新聞「日本」明治三十一年二月二十四日）は、和歌の革新の必要性について次のように述べている。

従来の和歌を以て日本文学の基礎とし城壁と為さんとするは弓矢剣槍《けんさう》を以て戦はんとすると同じ事にて、明治時代に行はるべき事にては無之候。今日軍艦を購《あがな》ひ大砲を購ひ巨額の金を外国に出すも畢竟日本国を固むるに外ならず、されば僅少の金額にて購ひ得べき外国の文学思想抔《など》は続々輸入して日本文学の城壁を固めたく存候。生は和歌に就きても旧思想を破壊して新思想を注文するの考にて随《したが》つて用語は雅語俗語漢語洋語必要次第用うる積りに候。

このように、子規の短歌革新にかける思いは、文学という範囲に限られたものではなかった。子規は短歌を「日本文学の城壁」とし、あるいは「日本国を固むる」ものにしたいと考えていたのである。個人の実感を重視すると言っても、それはあくまで近代国民国家における個人であって、ナショナリズムと無縁のものではなかった。こうした時代の気分というものは、日清・日露戦争期の和歌・短歌に色濃く見て取ることができるだろう。

そのような国家や天皇制との関わりは、戦前だけのものではない。短歌は他の様々な芸術や文学と比べても、日本語に深く依拠したジャンルである。もし日本語や日本がなくなってしまえば、短歌は存在することができない。それは一方で、短歌や歌人が日本という郷土や国家と結び付きやすい側面を持っていることも意味している。その良し悪しはともかく、現在も続く宮中の歌会始をはじめとして、短歌が国家や天皇制と深くつながっているのは間違いないことである。

二　戦争詠の評価、戦争責任

次に考えたいのは、戦争を詠んだ歌をどのように評価するかという問題である。第二次世界大戦の敗戦を経て、現在の日本では「戦争＝悪」という観念が広く行きわたっている。けれども、それは必ずしも普遍的な価値観ではなく、時代や国によって大きく違うという点は押えておく必要があるだろう。

明治以降のナショナリズムの興隆に伴う歌や戦意高揚の歌などは、戦後に大きく価値観が変ったこともあり、現在の目で見ると違和感を覚えることが多い。そのため、どのように評価すれば良いのか戸惑うこともしばしばだ。

戦後の一時期には、歌人の戦争責任が厳しく論じられたこともあった。一例として渡辺順三の「歌壇戦争責任者の追及について」（「人民短歌」昭和二十一年五月号）という文章を挙げてみよう。

歌壇人の多くは今回の戦争を政府の宣伝通り大東亜解放のための「聖戦」だと信じてゐたのだらう。そして戦争謳歌の作品を発表して来たのである。しかし歌壇の一部には「八紘一宇《はっくわういちう》」の世界観により、信念をもつて神秘的国体観を奉じ、侵略戦争を意欲的に支持した人々がある。これが多くの歌人に号令をかけ、笛を吹いて踊らしたのである。だから踊らした側の人々の責任はあくまで追求すべきだと信ずる。

こうした戦争責任の追及は、戦後の新たな価値観の導入や民主主義の普及のためには必要なことであり、意味のあることであった。けれども、戦後七十年以上が過ぎた今、現在の価値観に基づいて戦前の歌を一方的に断罪することには慎重であるべきだろう。「軍国主義的だから悪い歌」「反戦的だから良い歌」といった捉え方では歌を読んだことにはならない。それは、戦前に「軍国主義的だから良い歌」「反戦的だから悪い歌」とする考えが存在したのと同じことの繰り返しでしかない。

「戦争の歌」といえども、やはり歌である。あくまで歌は歌として、その時々の作者の心情をどれだけ表現できているか、どれだけ読み手の心を打つ内容があるかといった観点で考えるようにしたい。短歌に表れた主義主張や価値観に囚《とら》われ過ぎることなく、歌としてどのように読み、どのように評価するかを、私たちは冷静に見極める必要がある。

三　戦争をどのように詠むか

最後にもう一つ、戦争をどのように詠むかという問題がある。和歌や短歌において、例えば自然や四季を詠むことは『万葉集』以降ずっと行われてきたし、相聞《そうもんか》歌や恋の歌の伝統もある。また、近代以降は日常の生活を歌に詠むことも多くなった。そうした身の回りのことを詠むのは短歌の得意な点だと言っていい。

それに対して、戦争のような大きな出来事を歌に詠むのはなかなか難しい。それぞれの歌人も苦労を重ねたようだ。例えば、斎藤茂吉は「制服的歌」（「アララギ」昭和十七年五月号）という文章の中で、こんなことを書いている。

戦争がはじまると、歌人は勇奮感激して歌を作り、また放送局でも雑誌でも新聞でも競うて戦争の歌を徴求し、ここに於て歌も武装せざることを得なかつた。／そして実際歌壇は武装した。しかしその武装は一様の武装で、千差万別各人各別といふわけには行かなかつた。なぜかといふに、事実が一つで、それを報道する新聞などの文章もまた一つだからである。その一つの材料に数千の歌人、数万の歌人が寄つてたかつて作歌するのであるから、いきほひ、一つの材料だけの歌に終始し、単調にならざることを得ぬ運命になつた。私はさういふ歌に、『制服的歌《ユニフォームてきうた》』といふ名を附けて、みづからを慰めた。

戦争を詠んだ歌がどれも似たり寄ったりになってしまうことに対する忸怩《じくじ》とした思いが吐露《とろ》されている。一見苦しい弁明や開き直りにも見えるけれども、おそらくそうではない。戦意高揚歌を数多く詠んだ茂吉もまた、やはり一人の歌人としてこうした悩みを抱えていたのである。

また、ここでは「報道」によって歌を読む難しさも指摘されている。これは当時の戦争詠に限らず、現在の時事詠や社会詠にも当て嵌《は》まる問題であろう。テレビや新聞のニュースから様々なことを感じ、それを歌にすることは今でもしばしば行われている。その際に、私たちは自分自身の頭で考えているつもりでいて、実は知らず知らずのうちにマスコミの見方や判断に同調しているだけのことも多い。そうした点に自覚的であることは、今後ますます大切になってくるにちがいない。

四　戦争の歌のこれから

幸いなことに昭和二十年の敗戦以降、日本はおおむね平和な時代を送ってきた。私たちが直接関わるという意味での「戦争の歌」は、この間、詠まれてこなかった。これは喜ぶべきことだろう。けれども、それが今後も永遠に続くかどうかはわからない。

「紅旗征戎《こうきせいじゅう》、吾が事に非ず」という有名な言葉がある、藤原定家が『明月記』に記したものので、「反乱者を追討するといったことは私の関わることではない（私は愛する和歌の道を究めるだけだ）」という意味である。この姿勢に倣《なら》って、どんな社会状況になったとしても、戦争とは関わることなく短歌を詠んでいくというのも一つの立場であろう。けれども定家の時代ならともかく、現代ではもし戦争が始まればそれは総力戦であって、一人で孤高の立場を守れるものでもない。

私たちは歌を通じて歴史を知ることができる。また、歴史を知ることによって、私たちの未来をより良く判断することもできる。そうした意味において、「戦争の歌」は単に過去のものではなく、私たちの今後を考えるための作品でもあるのだ。

生没年年譜

氏名	生没年
渡辺重綱	（一八三四〜一九〇八）
高崎正風	（一八三六〜一九一二）
弾琴緒	（一八四七〜一九一七）
昭憲皇太后	（一八四九〜一九一四）
明治天皇	（一八五二〜一九一二）
落合直文	（一八六一〜一九〇三）
森鷗外	（一八六二〜一九二二）
伊藤左千夫	（一八六四〜一九一三）
正岡子規	（一八六七〜一九〇二）
樋口一葉	（一八七二〜一八九六）
佐佐木信綱	（一八七二〜一九六三）

氏名	生没年
与謝野鉄幹	（一八七三〜一九三五）
窪田空穂	（一八七七〜一九六七）
宇都野研	（一八七七〜一九三八）
平福百穂	（一八七七〜一九三三）
与謝野晶子	（一八七八〜一九四二）
斎藤瀏	（一八七九〜一九五三）
斎藤茂吉	（一八八二〜一九五三）
石上露子	（一八八二〜一九五九）
前田夕暮	（一八八三〜一九五一）
吉植庄亮	（一八八四〜一九五八）
北原白秋	（一八八五〜一九四二）

土岐善麿（一八八五〜一九八〇）
久保田不二子（一八八六〜一九六五）
釈迢空（一八八七〜一九五三）
半田良平（一八八七〜一九四五）
土屋文明（一八九〇〜一九九〇）
西村陽吉（一八九二〜一九五九）
小泉苳三（一八九四〜一九五六）
渡辺順三（一八九四〜一九七二）
八木沼丈夫（一八九五〜一九四四）
松田常憲（一八九五〜一九五八）
佐藤完一（一八九七〜一九四二）
筏井嘉一（一八九九〜一九七一）
穂積忠（一九〇一〜一九五四）

加藤将之（一九〇一〜一九七五）
山口茂吉（一九〇二〜一九五八）
前川佐美雄（一九〇三〜一九九〇）
木俣修（一九〇六〜一九八三）
折口春洋（一九〇七〜一九四五）
渡辺直己（一九〇八〜一九三九）
斎藤史（一九〇九〜二〇〇二）
佐藤佐太郎（一九〇九〜一九八七）
山本友一（一九一〇〜二〇〇四）
正田篠枝（一九一〇〜一九六五）
宮柊二（一九一二〜一九八六）
近藤芳美（一九一三〜二〇〇六）
竹山広（一九二〇〜二〇一〇）

事項年譜

西暦	事項
一八六八（明元）	明治改元
	戊辰戦争
一八七一（明4）	廃藩置県
一八七三（明6）	徴兵令
	征韓論
一八七四（明7）	台湾出兵
一八七五（明8）	江華島事件
一八七七（明10）	西南戦争
一八七九（明12）	琉球処分
一八八五（明18）	内閣制度発足
一八八九（明22）	大日本帝国憲法公布
一八九〇（明23）	第一回帝国議会開催
一八九四（明27）	日清戦争開戦
一八九五（明28）	下関条約
	三国干渉
一九〇〇（明33）	義和団の乱
一九〇二（明35）	日英同盟
一九〇四（明37）	日露戦争開戦
一九〇五（明38）	ポーツマス条約
一九〇九（明42）	伊藤博文暗殺
一九一〇（明43）	朝鮮併合
	大逆事件

一九一二（大元）　大正改元
一九一四（大3）　第一次世界大戦勃発
一九一七（大6）　ロシア革命
一九一八（大7）　シベリア出兵
米騒動
一九二〇（大9）　尼港事件
一九二三（大12）　関東大震災
一九二五（大14）　治安維持法
一九二六（昭元）　昭和改元
一九二九（昭4）　世界恐慌
一九三〇（昭5）　昭和恐慌
一九三一（昭6）　満州事変
一九三二（昭7）　第一次上海事変
満州国建国

一九三三（昭8）　国際連盟脱退
一九三六（昭11）　二・二六事件
第二次上海事変
一九三七（昭12）　日中戦争勃発
一九三九（昭14）　ノモンハン事件
第二次世界大戦勃発
一九四〇（昭15）　日独伊三国軍事同盟
一九四一（昭16）　太平洋戦争開戦
一九四三（昭18）　アッツ島玉砕
一九四四（昭19）　サイパン島陥落
一九四五（昭20）　硫黄島陥落
広島・長崎に原爆投下
終戦

読書案内

『帝国の和歌』　浅田徹・勝原晴希・鈴木健一・花部英雄・渡部泰明編　岩波書店　二〇〇六
西洋近代との接触によって、伝統的な和歌がどのように短歌へ変っていったかという問題意識をもとにまとめられた一冊。和歌とナショナリズムの関わりや、樋口一葉の日清戦争詠についても詳しく記されている。

『「よむ」ことの近代　和歌・短歌の政治学』　松澤俊二　青弓社　二〇一四
旧派と新派、和歌と短歌の差異よりもむしろ共通点に注目し、明治以降の国家や国民と和歌・短歌がどのように関わってきたのかを論じている。特に、御製の果たした政治的役割についての指摘は重要である。

『うた日記』　森鷗外　春陽堂　一九〇七　（岩波文庫　一九四〇）
日露戦争に第二軍軍医部長として出征した作者の従軍詩歌集。短歌三三一首、俳句一六八句、新体詩五八篇、長歌九篇を収める。近代随一の知識人が戦争をどのように捉え、戦場で何を感じたかを知ることのできる貴重な記録。

『昭和短歌の精神史』　三枝昻之　本阿弥書店　二〇〇五（角川ソフィア文庫　二〇一二）
戦争と敗戦と占領という大きな出来事により分断されている昭和二十年代までの短歌史を、一つの視点で描き通した力作。戦前と戦後の価値観の転換を超えて、歌人一人一人の心情に寄り添いながら昭和という時代を描き出している。

『短歌で読む昭和感情史』　菅野匡夫（平凡社新書　二〇一一）
『昭和万葉集』全二十巻の編纂にあたった著者が、昭和元年から二十年までの歌を挙げて、その内容や時代背景について読み解いている。短歌を通じて戦争当時の人々の感情が鮮やかに甦ってくる一冊。

『私の戦旅歌とその周辺』　伊藤桂一　講談社　一九九八
昭和十四年に騎兵第四十一聯隊の一員として、二十二歳で中国の山西省に渡った作者が、戦闘や行軍、駐屯生活などを散文と短歌で克明に綴っている。特に、終始行動をともにする軍馬との交流に関する部分が印象深い。

『山西省』　宮柊二　古径社　一九四九（短歌新聞社文庫　一九九五）
昭和十四年から十八年にかけて一人の兵として中国大陸を転戦した作者の三七五首を収めた歌集。出征から帰還までの様々な出来事や心の葛藤が詠まれていて、戦争詠の白眉として現在でも評価の高い一冊である。

『茂吉幻の歌集『萬軍《ばんぐん》』――戦争と斎藤茂吉』　秋葉四郎　岩波書店　二〇一二
戦時中に企画されたものの出版に至らなかった斎藤茂吉の歌集『萬軍』の成立過程や異同を明らかにした一冊。自筆原稿の写真版を載せるなど資料的な価値が高く、茂吉の戦争への関わり方もよくうかがえる。

『戦争と短歌』　近藤芳美　（岩波ブックレット　一九九一）
一九九〇年に行われた公開講座における講演と質疑応答を収録。社会派の歌人として知られる著者が、平和への強い願いを込めつつ、アンソロジー『支那事変歌集』から引いた歌を読み解いている。

『定本　竹山広全歌集』　竹山広　ながらみ書房　二〇一四
生涯にわたって原爆の歌を詠み続けた作者の全十冊の歌集を収録。原爆の生々しい惨状やその後の平和運動、次第に形骸化する祈念式典の様子などを、時に辛辣に、時にユーモアを交えつつ詠んでいる。

＊渡辺順三様の著作権継承者を探しています。ご存知の方は編集部までご一報いただければ幸いです。

【著者プロフィール】

松村正直（まつむら・まさなお）

1970年東京都町田市生まれ。東京大学文学部独文科卒業。歌誌「塔」編集長。

＊主要編著書

歌書『高安国世の手紙』（2013年　六花書林）
歌集『手前3時を過ぎて』（2014年　六花書林）
歌書『樺太を訪れた歌人たち』（2016年　ながらみ書房）
歌集『風のおとうと』（2017年　六花書林）

戦《せん》争《そう》の歌《うた》　　コレクション日本歌人選 078

2018年12月10日　初版第1刷発行

著　者　松村正直

装　幀　芦澤泰偉

発行者　池田圭子

発行所　笠間書院

〒101-0064　東京都千代田区神田猿楽町2-2-3
電話03-3295-1331　FAX03-3294-0996

NDC分類911.08

ISBN978-4-305-70918-9

組版：ステラ　印刷／製本：モリモト印刷

コレクション日本歌人選　第Ⅰ期〜第Ⅲ期　全60冊！

第Ⅰ期　20冊　2011年（平23）2月配本開始

1	柿本人麻呂	かきのもとのひとまろ	高松寿夫
2	山上憶良	やまのうえのおくら	辰巳正明
3	小野小町	おののこまち	大塚英子
4	在原業平	ありわらのなりひら	中野方子
5	紀貫之	きのつらゆき	田中登
6	和泉式部	いずみしきぶ	高木和子
7	清少納言	せいしょうなごん	圷美奈子
8	源氏物語の和歌	げんじものがたりのわか	高野晴代
9	相模	さがみ	武田早苗
10	式子内親王	しょくしないしんのう（しきしないしんのう）	平井啓子
11	藤原定家	ふじわらていか（さだいえ）	村尾誠一
12	伏見院	ふしみいん	阿尾あすか
13	兼好法師	けんこうほうし	丸山陽子
14	戦国武将の歌		綿抜豊昭
15	良寛	りょうかん	佐々木隆
16	香川景樹	かがわかげき	岡本聡
17	北原白秋	きたはらはくしゅう	國生雅子
18	斎藤茂吉	さいとうもきち	小倉真理子
19	塚本邦雄	つかもとくにお	島内景二
20	辞世の歌		松村雄二

第Ⅱ期　20冊　2011年（平23）10月配本開始

21	額田王と初期万葉歌人	ぬかたのおおきみ しょきまんようかじん	梶川信行
22	東歌・防人歌	あずまうた さきもりうた	近藤信義
23	伊勢	いせ	中島輝賢
24	忠岑と躬恒	みぶのただみね おおしこうちのみつね	青木太朗
25	今様	いまよう	植木朝子
26	飛鳥井雅経と藤原秀能	まさつね ひでよし	稲葉美樹
27	藤原良経	ふじわらのよしつね（りょうけい）	小山順子
28	後鳥羽院	ごとばいん	吉野朋美
29	二条為氏と為世	にじょうためうじ ためよ	日比野浩信
30	永福門院	えいふくもんいん（ようふくもんいん）	小林守
31	頓阿	とんな（とんあ）	小林大輔
32	松永貞徳と烏丸光広	ていとく みつひろ	高梨素子
33	細川幽斎	ほそかわゆうさい	加藤弓枝
34	芭蕉	ばしょう	伊藤善隆
35	石川啄木	いしかわたくぼく	河野有時
36	正岡子規	まさおかしき	矢羽勝幸
37	漱石の俳句・漢詩		神山睦美
38	若山牧水	わかやまぼくすい	見尾久美恵
39	与謝野晶子	よさのあきこ	入江春行
40	寺山修司	てらやましゅうじ	葉名尻竜一

第Ⅲ期　20冊　2012年（平24）6月配本開始

41	大伴旅人	おおとものたびと	中嶋真也
42	大伴家持	おおとものやかもち	小野寛
43	菅原道真	すがわらみちざね	佐藤信一
44	紫式部	むらさきしきぶ	植田恭代
45	能因	のういん	高重久美
46	源俊頼	みなもとのとしより（しゅんらい）	高野瀬恵子
47	源平の武将歌人		上宇都ゆりほ
48	西行	さいぎょう	橋本美香
49	鴨長明と寂蓮	ちょうめい じゃくれん	小林一彦
50	俊成卿女と宮内卿	しゅんぜいきょうじょ くないきょう	近藤香
51	源実朝	みなもとのさねとも	三木麻子
52	藤原為家	ふじわらためいえ	佐藤恒雄
53	京極為兼	きょうごくためかね	石澤一志
54	正徹と心敬	しょうてつ しんけい	伊藤伸江
55	三条西実隆	さんじょうにし さねたか	豊田恵子
56	おもろさうし		島村幸一
57	木下長嘯子	きのした ちょうしょうし	大内瑞恵
58	本居宣長	もとおりのりなが	山下久夫
59	僧侶の歌	そうりょのうた	小池一行
60	アイヌ神謡ユーカラ		篠原昌彦

推薦する——「コレクション日本歌人選」

篠　弘

●伝統詩から学ぶ

啄木の『一握の砂』、牧水の『別離』、さらに白秋の『桐の花』、茂吉の『赤光』が出てから、百年を迎えようとしている。こうした近代の短歌は、人間を詠みうる詩形として復活してきた。しかし、実生活や実人生を詠むばかりではなかった。その基調に、己が風土を見つめ、豊穣な自然を描出するという、万葉以来の美意識が深く作用していたことを忘れてはならない。季節感に富んだ風物と心情との一体化が如実に試みられていた。

この企画の出発によって、若い詩歌人たちが、秀歌の魅力を知る絶好の機会となるであろう。また和歌の研究者も、その深処を解明するために実作を始められてほしい。そうした果敢なる挑戦をうながすものとなるにちがいない。多くの秀歌に遭遇しうる至福の企画である。

松岡正剛

●日本精神史の正体

和泉式部がひそんで塚本邦雄がさんざめく。道真がタテに歌って啄木がヨコに詠む。西行法師が往時を彷徨して寺山修司が現在を走る。実に痛快で切実な組み立てだ。こういう詩歌人のコレクションはなかった。待ちどおしい。

和歌・短歌というものは日本人の背骨であって、日本語の源泉である。日本の文学史そのものであって、日本精神史の正体なのである。そのへんのことはこのコレクションのすぐれた解説を読まれるといい。

その一方で、和歌や短歌には今日のメールやツイッターに通じる軽みや速さや愉快がある。たちまち手に取れるし、目に綾をつくってくれる。漢字・旧仮名・ルビを含めて、このショートメッセージの大群からそういう表情をぞんぶんにも楽しまれたい。

コレクション日本歌人選　第Ⅳ期

第Ⅳ期　20冊　2018年（平30）11月配本開始

61	高橋虫麻呂と山部赤人	たかはしのむしまろとやまべのあかひと	多田一臣
62	笠女郎	かさのいらつめ	遠藤宏
63	藤原俊成	ふじわらしゅんぜい	渡邉裕美子
64	室町小歌	むろまちこうた	小野恭靖
65	蕪村	ぶそん	揖斐高
66	樋口一葉	ひぐちいちよう	島内裕子
67	森鷗外	もりおうがい	今野寿美
68	会津八一	あいづやいち	村尾誠一
69	佐佐木信綱	ささきのぶつな	佐佐木頼綱
70	葛原妙子	くずはらたえこ	川野里子
71	佐藤佐太郎	さとうさたろう	大辻隆弘
72	前川佐美雄	まえかわさみお	楠見朋彦
73	春日井建	かすがいけん	水原紫苑
74	竹山広	たけやまひろし	島内景二
75	河野裕子	かわのゆうこ	永田淳
76	おみくじの歌	おみくじのうた	平野多恵
77	天皇・親王の歌	てんのう・しんのうのうた	盛田帝子
78	戦争の歌	せんそうのうた	松村正直
79	プロレタリア短歌	ぷろれたりあたんか	松澤俊二
80	酒の歌	さけのうた	松村雄二